바람이 되고 싶었던 아이

바람이 되고 싶었던 아이

테오의 13일

로렌차 젠틸레 지음 천지은 옮김

TEO
by LORENZA GENTILE

이 책은 실로 꿰매어 제본하는 정통적인 사철 방식으로 만들어졌습니다.
사철 방식으로 제본된 책은 오랫동안 보관해도 손상되지 않습니다.

내 가족과
이 책을 시작하게 해준
알렉상드르 뒤마 피스,
그리고 내 곁에 있지 않음으로
이 책을 마칠 수 있도록 다그쳐 준
한 사람에게 바칩니다.

나는 미신을 믿지 않는다.
다만 내가 모르는 것에는 도전하지 않을 뿐이다.

— 나폴레옹 보나파르트

차례

11일째

새로운 토요일

내 이름은 테오. 여덟 살이다. 나는 나폴레옹을 만나고 싶다.

나는 꼭 이겨야 하는 아주 중요한 전투를 하고 있는데, 나폴레옹만이 나를 도와줄 수 있다. 하지만 그를 만나려면 나도 죽어야 한다. 왜냐하면 나폴레옹은 죽었으니까.

나는 구글을 이용한다. 구글은 세상의 모든 진실을 담고 있으며, 마틸데 누나의 컴퓨터로 볼 수 있다.

누나는 모르지만, 나는 자주 누나 방에 들어가 구글에서 내 물음의 답을 찾곤 한다. 주로 누나가 샤워 중일 때 몰래 컴퓨터를 쓰는데, 누나가 머리만 감고 나온다든지 하는 날엔 시간이 충분하지 않다.

만일 들키면 누나가 난리를 칠 위험이 있지만 그 정도는 감수할 수 있다. 특별히 중요한 일을 위해서라면 말이다.

나폴레옹을 만나는 건 다른 어떤 일보다 중요하다. 마

침 오늘은 행운의 날이다. 누나가 폼페이로 여행을 갔으니 얼마든지 컴퓨터를 사용할 수 있다.

〈자살(스스로 목숨을 끊는다는 뜻)〉을 검색했을 때 제일 먼저 등장하는 화면은 위키백과다. 사람들이 가장 많이 이용한 자살 방법의 목록이 길게 나온다. 우선 제일 처음에 나오는 세 가지 방법을 읽어 봤지만 별로 마음에 들지 않는다. 첫 번째는 독약 먹기인데, 우리 집에는 독약이 없으니 불가능하다. 내가 마실 수 있는 거라곤 엄마의 향수가 유일한데 그마저도 거의 다 쓴 상태다. 두 번째는 정맥 끊기. 그런데 나는 피가 무섭다. 내가 막 비명을 지르면 사람들한테 들킬 게 뻔하다. 세 번째는 경동맥 끊기. 이것도 마음에 안 든다. 왜냐하면 그게 뭔지 도무지 알 수가 없기 때문이다. 경동맥이라며 위키백과에 그림까지 그려져 있는데도 잘 모르겠다.

나에게 딱 맞는 방법을 발견할 때까지 계속 찾아야 한다.

죽기로 마음먹은 날까지 50시간도 채 남지 않았다. 시간이 얼마 없다.

하지만 나는 무모한 아이가 아니다.

나 테오는 11일째 이 계획을 짜고 있다.

1일째

수요일

1

「달걀이 덜 익었군.」

아빠가 접시에 포크를 탁 내려놓으며 말했다. 포크는 바닥으로 떨어져 버렸다.

「음식 해주는 사람이 있다는 걸 감사히 여겨요.」

엄마는 마치 하느님께 도움을 요청하듯 고개를 들고 위를 쳐다보며 말했다.

「수지가 하지 않을 때마다 이 모양이군.」

「맛있게 만들려고 애썼는데 마음에 들지 않는다니 유감이네요.」

「먹을 수만 있게 만드는 거라면 나도 얼마든지 할 수 있어.」

「그럼 다음엔 당신이 뭘 할 수 있는지 한번 보죠.」

「잘 모르는 모양인데, 나는 하루 종일 일을 하는 사람이야.」

「그게 요리와 무슨 상관이에요? 일은 나도 한다고요.」

「미안하군. 하지만 자선 전시회 기획자에게 요구되는 책임감과 내 업무는 좀 다르지. 오늘 우리 회사 운영 위원회에서 무슨 일이 있었는지 말해 줄까? 내가 어떤 결정을 내려야 하는지 좀 도와주겠어?」

「그런 뜻이 아니잖아요.」

「물론 그렇겠지.」

「세상엔 그런 일만 있는 건 아니에요, 알폰소!」

「물론 그렇다고는 말하지 않았어.」

「나 원 참! 나한테는 그렇게 들린다고요.」

「난 그냥 덜 익은 달걀에 대해 말하는 거야. 사사건건 전쟁을 해야 한다는 게 참 지겹군!」

「나는 안 그런 것 같아요?」 엄마가 의자를 뒤로 밀며 대답했다.

「그럼 다음 전투에선 당신이 한번 이겨 보시구려. 당신 달걀은 직접 요리해 먹으면 되겠네.」

엄마는 밥을 먹다 말고 식탁에서 일어났다.

「말 잘했네. 내가 못할 것 같아? 당장 하지.」

아빠가 소리치더니 프라이팬에 기름을 부었다. 그러고는 가스레인지 위에 올려놓다가 그만 모두 쏟고 말았다.

「젠장.」

아빠는 얼룩진 셔츠를 보고 소리치며 프라이팬을 개수

대에 내던졌다. 그러자 개수대 안에 있던 접시가 깨졌다.

나는 마틸데 누나를 바라보았다. 무슨 말이든 나에게 위로가 되는 말을 해주기를 바라면서. 그러나 누나는 혼잣말을 하듯 이렇게 중얼거렸다.

「지긋지긋한 가족이야.」

우리 부모님은 사람들 앞에서는 항상 웃는다.

학교에서 연극할 때 맡은 배역을 연기하는 사람들처럼 말이다.

그래서 밖에 나가면 사람들은 전혀 눈치를 채지 못한다. 우리 부모님이 늘 언성을 높이거나 욕을 하거나 문을 쾅쾅 치면서 말하지 않으면 대화가 안 된다는 사실을.

저녁 식사를 망친 것도 이번이 처음은 아니었다. 「당신은 마귀야, 루크레치아! 내가 지금 어떤 상황에 놓여 있는지 알기나 해?」「그래서 주말에도 일을 하겠다는 거예요? 아주 회사에서 살지 그래요?」「포르토 에르콜레로 여행을 가자니, 그건 나를 더 힘들게 할 뿐이라고!」늘 이런 식이다.

어떤 날은 엄마가 먼저 시작하고, 어떤 날은 아빠가 먼저 시작한다. 그렇게 매번 전쟁이 된다. 하지만 어느 누구도 이기는 사람은 없다. 왜냐하면 누군가 이긴다는 건 평화가 온다는 것인데, 두 분은 절대 평화롭지 못하기 때문이다.

나는 어떻게든 두 분을 돕고 싶지만 정말 어떻게 해야 할지 모르겠다.

마틸데 누나와 의논하려고 노력도 해봤다. 하지만 고등학생인 누나는 나보다 훨씬 많은 걸 알고 있으면서도 매번 이렇게 대답했다.

「우리가 할 수 있는 건 없어. 두 분은 우리 말 따위는 듣지 않을 테니까.」

다른 가족들도 모두 우리 집 같은지 잘 모르겠다.

친구네 집에 놀러 갈 때마다 그 집 아빠가 안 계셨기 때문에 다른 집들이 어떤지는 잘 모르겠다.

다만 두 가지 중 하나인 것만은 분명하다. 우리 집을 제외한 다른 집들은 모두 행복하거나 다른 가족들도 학교 연극을 하는 것처럼 지내거나.

그러나 세상의 모든 부모님들이 우리 집처럼 싸우며 지낸다고 해도 내 기분이 나아질 것 같지는 않았다.

마지막 한 숟가락을 먹고 있을 때 우리 집 가정부인 수지가 식탁을 치웠다.

거실로 가신 아빠와 엄마가 서로를 향해 욕하는 소리가 문을 넘어 계속 들려왔다. 누나는 평상시처럼 자기 방에 들어가 문을 닫아 버렸다.

「과일 먹어, 테오.」

수지 아줌마가 사과를 내밀며 말했다.

나는 고개를 저었다. 배가 불렀다.

「테오, 넌 걱정할 필요 없어. 인생이란 가끔 이렇게 어려워. 하지만 언젠간 달라질 거야.」

「달라지지 않을 거예요.」

「모든 건 변하게 되어 있어, 테오. 세상에 절대로 변하지 않는 건 없어.」

「방으로 갈래요.」

「테오, 강해져야 돼. 네 인생은 네가 만드는 거야. 꿈을 가져. 알겠어?」

「알았어요.」

수지를 안심시키기 위해 알았다고 대답은 했지만, 꿈을 갖는 게 도대체 무슨 소용이지? 내 주위에서 일어나는 일들을 좀 봐. 내가 어떻게 꿈을 꿀 수 있겠어? 아침이 되면 아빠는 또 화가 나서 문짝이 떨어져 나갈 듯 쾅 닫고 출근하시겠지. 그 모습을 보는 게 두려워서 나는 잠도 제대로 잘 수 없다고. 만일 반대의 꿈을 꾼다고 해도 이 상황이 달라질까? 내가 아무리 간절히 원해 봤자 그건 중요하지 않을 거야. 내 힘으로는 아무것도 바꿀 수 없는 게 현실이니까. 난 너무 어리고, 이 집에서는 누구도 내 말에 귀를 기울여 주지 않으니까.

나는 방으로 가서 침대에 누웠다. 한참 동안 뚫어지게

천장을 바라보고 있으니 금방이라도 내 머리 위로 무너져 내릴 것만 같았다.

피아 선생님은 슬플 때는 신경을 딴 데로 돌리라고 말씀하셨다.

하지만 숙제를 하고 싶지는 않았다. 이렇게 화가 나는데 집중이 될 리 없었다. 게다가 나는 올리버 트위스트가 싫었다. 올리버 트위스트에 관한 글을 읽고 문제를 풀라니, 그건 정말 하고 싶지 않았다.

장난감 상자를 열어 봤지만 언제나 똑같았다. 어느 것도 가지고 놀고 싶지 않았다.

책꽂이 맨 밑에 그 전날 생일을 기념해 엄마 아빠가 주신 선물이 눈에 들어왔다.

사실 그날 나는 포장지를 뜯어 보고 무척 놀랐다.

지금까지 내가 받은 선물은 늘 형식적인 것들뿐이었다. 우리 부모님은 주로 축구공이나 줄무늬 양말처럼 따분한 것들만 선물로 주셨다.

나는 축구도 안 하고 친구들처럼 텔레비전 중계도 보지 않는다. 축구 경기는 매번 똑같다. 이 팀이 이기거나 저 팀이 이기거나, 아니면 무승부거나. 그리고 기자는 정작 재미있는 건 절대로 말해 주는 법이 없다. 예를 들어 경기장에 온 관중들은 휴식 시간에 주로 무엇을 먹는가, 어째서 선수들은 머리를 기르거나 원형으로 자르는가 하는 것들

말이다.

물론 나도 양말은 신는다. 하지만 그건 선물이 아니더라도 어쨌든 신게 되어 있으니 전혀 특별한 선물이 아니다. 아주 작고 가벼운 상자는 열 때마다 몹시 실망스러웠다. 그 안에 벽을 향해 던지면 초록색 토사물 모양으로 달라붙는 고무 찐득이가 들어 있다면 얼마나 좋을까 기대한 적이 한두 번이 아니다.

그러나 지금까지 찐득이가 들어 있었던 적은 단 한 번도 없다. 작고 가벼운 상자 안에 들어 있는 건 언제나 양말이었다.

그런데 이번 내 생일에는 엄마 아빠가 평소보다 신경을 많이 쓰신 게 분명했다.

네모난 상자를 열자 만화책 한 권이 들어 있는 게 아닌가! 제목은 『나폴레옹의 모험』이었다.

표지에는 바나나 모양의 우스운 모자를 쓴 장군이 백마를 타고 있는 그림이 그려져 있었다. 책 뒷면을 읽으면서 이 장군이 아주 유명한 영웅이라는 사실도 알게 되었다. 나는 선물이 무척 마음에 들었다. 왜냐하면 나는 영웅을 좋아하는 데다 역사도 좋아하기 때문이다. 우리 부모님은 그걸 떠올리신 게 틀림없다.

신경을 딴 데로 돌려야 하는 지금이야말로 책을 읽기에 딱 좋은 때였다. 나는 맨 앞 장을 넘겨 보았다.

〈주인공 소개〉라는 제목 밑에는 표지에서 본 나폴레옹의 그림이 똑같이 그려져 있고, 화살표 하나가 그를 가리키며 〈모든 전투에서 승리한 사람〉이라고 쓰여 있었다.

불가능한 일이다. 우리 가족을 보면 어른들이 전투에서 이기기란 굉장히 어려운 일 같은데 모든 전투에서 이겼다니 말이다.

우리 아빠만 해도 지금까지 덜 익은 달걀 건 외에도 꽤 많은 싸움에서 졌다. 아빠는 원하는 것을 얻기 위해서는 아주 여러 번 싸워야 한다고 말했다. 하지만 그렇게 여러 번 싸웠음에도 불구하고 내가 보기에 아빠는 원하는 걸 좀처럼 얻지 못하는 것 같다. 아빠는 자동차에 문제가 많은지 계속 다른 차로 바꿨는데, 그러면서 매일 엄마와 다퉜다. 그래서 나랑 숨바꼭질을 한다든지 내 방 선반을 수리한다든지 하며 재미있게 보낼 시간은 좀처럼 없다. 엄마가 가장 크게 싸움에서 지는 것도 아빠와의 전투에서다. 아빠는 자주 엄마를 비난했고, 너무 일만 한다고 엄마가 불평할 때면 코웃음을 치며 서재로 들어가 버렸다. 마틸데 누나가 무엇보다 바라는 건 학급에서 가장 우수한 학생이 되는 것이다. 그러나 하루 종일 방에 처박혀 지내도 매번 친구들에게 진다.

어른들은 대부분 이럴 것이다. 어른들은 자주 전투에서

진다. 간혹 직업을 바꾸거나 아기를 가질 때처럼 어쩌다 자신과의 전투에서 이기게 되면, 그들은 발갛게 상기된 얼굴로 이야기하다가 꼭 이런 말로 마무리한다. 〈이제 네 이야기를 하자. 이런 얘기는 좀 어색해.〉

이긴다는 게 어색하게 여겨질 만큼 지는 게 습관이 되었기 때문일까? 아니면 사실이 아닐까 봐, 금방이라도 꿈에서 깰까 봐 두려워서 그러는 걸까?

어른들이 모두 이렇다면, 어째서 나폴레옹은 다른 어른들과 달리 항상 이기기만 했을까?

나는 첫 번째 장을 펼쳐 보았다.

〈나폴레옹의 어린 시절〉.

제목 밑에는 나폴레옹이 어렸을 때 코르시카의 집을 떠나 프랑스로 공부하러 가는 이야기가 그림으로 그려져 있었다.

어깨에 짐을 메고 흰 손수건을 흔들며 부모님께 인사를 한 뒤, 혼자서 언덕길을 걸어가는 그림이다.

그림 아래에는 이렇게 쓰여 있었다. 〈1778년, 나폴레옹이 아홉 살이었을 때〉.

아홉 살이라고? 나는 생각했다. 그러니까 나보다 겨우 한 살 많을 때였다.

책을 읽는 동안 거실에서는 엄마 아빠의 전투 소리가 계속 들려왔다. 「드래곤볼」의 손오공처럼 순간 이동을 할 수 있다면 얼마나 좋을까. 행복했던 과거의 언젠가로 돌아갈 수 있다면. 하지만 나는 손오공이 아니다. 이 모든 걸 겪어야 한다.

피아 선생님 말씀처럼 나는 신경을 딴 데로 돌리기 위해 계속 책을 읽었다.

〈나폴레옹은 무엇보다 세상에서 가장 중요한 사람이 되고 싶다는 바람을 가지고 파리로 갔습니다. 그를 위해 준비된 운명에 대해 아무것도 모르는 채…….〉 책은 이렇게 이어져 갔다.

어른이 된 나폴레옹이 왕관을 쓰고 커다란 왕좌에 앉아 있는 그림이 있고, 그를 가리키는 화살표 옆에는 이런 글 귀가 있었다. 〈1804년, 60번의 혹독한 전투에서 승리한 뒤 나폴레옹은 황제가 되었습니다.〉

아빠는 늘 인생에서 승리하는 게 가장 중요하다고 말했다.

한번은 이렇게 말하기도 했다. 「진정으로 원하는 것을 얻기 위해서는 싸워야 해.」

내가 진정으로 원하는 건 뭐지?

더 많은 장난감? 맞긴 하다. 그렇지만 지금 가진 것 중에도 가지고 놀지 않은 장난감이 더러 있다. 학교생활 더

26

잘하기? 물론 그것도 원한다. 하지만 그러려면 줄리아처럼 비호감 새침데기가 되어야 한다. 우등생이라는 것도 아마 싫증나는 일일 것이다.

절대로 싫증나지 않을 일이 한 가지 있긴 하다.

엄마 아빠가 천장까지 쩌렁쩌렁 울릴 만큼 큰 소리로 대화하지 않는 모습을 보는 것. 그러면 나도 내 방에만 처박혀 있을 필요가 없을 것이다. 또 아빠가 주먹으로 식탁을 내려치지 않아서 내 가슴도 두근거리지 않게 되는 것, 야단치는 말투에 무서워하지 않는 것, 그리고 밤에 잘 자는 것. 아주 조금이라도 지금보다 행복한 가족. 이게 내가 세상에서 제일 바라는 것이다.

승리하기 어려운 전투라는 건 나도 안다.

그렇지만…… 만약에 나폴레옹한테 내가 어떻게 하면 되는지 물어볼 수 있는 방법이 있다면? 틀림없이 그는 나를 도와줄 거다.

나폴레옹을 꼭 만나야 한다. 어떤 방법을 써서라도.

내 첫 번째 전투는 바로 이것이다. 우리 부모님을 구하는 것!

나는 나폴레옹이 지금 어디에 살고 있는지 알고 싶어서 책의 끝부분을 살펴보다가 절망하고 말았다. 나폴레옹은 1821년에 죽었다!

그래서 막 포기하려는데, 피노키오에 등장하는 귀뚜라

미처럼 내 안에서 꾸짖는 목소리가 들렸다.

〈이런 겁쟁이! 어떤 문제든 적어도 한 가지 해결책은 있는 법이야.〉

언젠가 피아 선생님이 하신 말씀이었다.

어느 누구한테서도 〈겁쟁이〉라는 말을 들어서는 안 된다. 절대로. 나는 용감하다. 그걸 보여 주고 말 것이다.

좋아. 나폴레옹은 죽었지만 세상은 끝나지 않았으니까.

예전에 아빠가 음악의 신 오르페우스에 대해 이야기해 준 적이 있는데, 그는 죽은 아내를 데려오기 위해 저승까지 갔다고 했다.

오르페우스도 그렇게 했는데 나라고 못하라는 법 있겠어?

이거야말로 진정한 전투다.

2일째

목요일

2

「너는 저승이 어디에 있다고 생각해?」

내 친구 굴리엘모에게 물어보았다.

「죽어 본 것도 아닌데 내가 그걸 어떻게 알겠어.」

굴리엘모는 어깨를 들썩이며 대답했다.

수요일과 목요일에는 방과 후 수업이 있지만 모든 아이들이 남는 건 아니다. 그날은 1시까지 부모님이 데리러 오지 못하는 아이들 일곱 명만 남았다. 나, 디니, 레오나르도, 굴리엘모, 줄리아, 부치, 그리고 중국인 친구 시엔웨이였다.

사실 나는 학교에 남을 필요가 없었다. 원래는 수지가 데리러 오는데, 집에 일찍 와도 할 일이 없는 데다 선생님께 물어보며 숙제를 하는 게 더 좋지 않겠느냐고 엄마가 말했기 때문이다.

하지만 현실을 제대로 모르고 하시는 말씀이다. 그러니

까 방과 후에 계시는 선생님은 피아 선생님(역사와 국어 담당)이나 로셀라 선생님(수학, 과학, 지리 담당) 같은 정식 선생님이 아니다. 방과 후에는 머리가 벗겨졌지만 두 선생님들보다 나이는 어린 선생님이 계신다. 그분은 우리 숙제에는 신경도 안 쓰신다. 내내 신문을 읽으며 시간을 보낼 뿐이다.

엄마는 디니와 레오나르도가 축구 선수들이 그려진 카드나 교환하고, 굴리엘모는 코를 후비다 코딱지를 의자 밑에 붙이며 시간을 보낸다는 사실도 모른다. 줄리아가 뭘 하는지 본다면 엄마도 할 말이 없을걸. 모범생 새침데기인 줄리아마저도 지루함을 참지 못해 윙스 프렌즈 필통을 열었다 닫았다 하며 속에 바람을 불어넣기도 하고, 내용물을 다시 정리하기도 하고, 연필을 깎거나 더러워진 지우개를 흰 종이 위에 문질러 깨끗하게 만들고, 손가락에 침을 묻혀 필통의 그림을 닦고 있었다. 그동안 부치는 계속 크림이 든 과자를 먹어댔다.

나는 주로 레오나르도와 틱택토 게임을 하거나, 글자를 하나 골라서 그 글자로 시작하는 동물 이름을 적는 놀이를 했다.

동물 이름을 제일 많이 적을 수 있는 글자는 〈C〉였다. 무시무시한 키메라를 생각해 낸 날, 나는 53개나 되는 동물 이름을 찾았다.

32

그러나 이번 목요일은 생각이 가득한 내 머리를 위해 특별히 중요한 날이었다.

나는 오전 내내 수업은 안 듣고 어떻게 하면 나폴레옹을 만날 수 있을까 하는 궁리만 했다. 고무 찐득이 100상자를 갖는 것보다도 훨씬 더 간절히 원하는 일이었다.

나폴레옹이 저승에 있다는 건 알고 있다. 그런데 저승은 도대체 어디지?

이번에는 레오나르도한테 물어보았다.

「그건 왜 묻는데? 너 신부님이 되고 싶어?」

내 친구들은 착하지만 정말 무식하다.

「테오,」 우등생 줄리아가 끼어들었다. 「종교를 믿지 않으면 어떻게 되는지 알아? 우선 저승은 두 군데가 있어. 천국과 지옥. 지옥은 땅 밑에 있고…….」

지옥과 천국? 물론 나도 그런 게 있다는 말은 들어 봤다.

이번엔 디니가 말했다.

「이제 지옥은 없어. 묘지가 있잖아.」

「묘지래!」

모두 웃음을 터뜨렸다.

「진짜로 지옥은 있어. 땅 밑에. 지옥에 닿을 정도로 아주아주 오래 파면 너무 뜨거워서 장난감 양동이로 흙장난도 할 수 없어.」 굴리엘모가 말했다.

「맞아. 아프리카만큼 뜨거워. 사자도 있고.」

레오나르도가 맞장구쳤다.

「사자라고?」 부치가 깜짝 놀라 외쳤다. 「그렇지 않아. 지옥은 자동차들이 길게 서 있는 고속도로야.」

「그건 또 무슨 말이야?」

디니가 끼어들며 물었다.

「정말이야. 우리 아빠가 그러셨어. 길이 막혀서 차가 서 있을 때 그게 바로 지옥이라고.」 부치가 아는 체를 하며 말했다.

부치의 이야기를 들으며 우리는 다시 웃음을 터뜨렸다.

이런, 난 종교를 열심히 믿지 않는데 큰일이다!

「너는 어떻게 생각해, 시엔?」

굴리엘모가 우리 반 중국인 친구에게 물었다. 시엔은 멀리 떨어져 앉아 종이에 뭔가를 쓰기만 할 뿐 내내 침묵을 지키고 있었다.

시엔은 올해 초 우리 반으로 전학을 왔는데 지금까지 누구와도 말을 한 적이 없다. 또 수학은 매우 잘하는데 다른 과목은 아예 공부를 안 했다. 쉬는 시간에도 우리와 놀지 않았고, 생일잔치에도 한 번도 가지 않았다. 참 이상한 아이다.

시엔은 고개를 들었지만 아무 말도 하지 않았다.

「지옥 말이야. 그거에 대해 아는 거 있어?」

레오나르도가 다그치듯 말했다.

「쟤가 뭘 알겠어. 중국인인데!」

부치가 어깨를 들썩거리며 소리쳤다.

모두 웃었다.

「휴우,」줄리아가 지겹다는 듯 끼어들었다. 「웃고 싶으면 얼마든지 웃어. 하지만 우리는 지금 아아아주 심각한 얘기를 하는 중이었거든. 그러니까 모두 다른 데 가서 떠들어.」

그러더니 줄리아는 내 쪽으로 몸을 돌리고 말했다.

「테오, 지옥에 가려고 땅을 팔 필요는 없어. 왜냐하면 지옥은 절벽 밑에 있어서 하느님이 아래로 살짝 밀어 떨어뜨리면 되니까. 그 밑이 아스팔트가 아니고 흙인 건 맞아. 하지만 가지고 놀 양동이 같은 건 없어. 네가 나쁜 짓을 해서 그곳에 가는 거지, 놀러 가는 게 아니거든. 그리고 사우나에 들어간 것처럼 굉장히 뜨거워. 왜 있잖아, 아줌마들이 문 닫고 들어가 있는, 석탄을 때고 있는 나무 방 말이야.」

맙소사. 나는 절대로 나폴레옹이 그곳에는 있지 않기를 바랐다. 거긴 우리가 휴가를 보냈던 포르토 에르콜레와 비슷할 게 틀림없었다. 거긴 너무 더워서 도착하자마자 무섭게 땀에 흠뻑 젖고, 떠날 때까지 연신 땀이 났으며, 해변은 발바닥이 델 정도로 뜨겁고 얼음은 구하기도 힘든 곳이었다.

그러나 전투에서 이겨야 하니까 나폴레옹이 그런 곳에 있다 하더라도 나는 꼭 가야만 한다. 제발 그런 일이 없길 바라지만……

「그럼 천국은 어떤 곳일까?」

「아름답겠지. 아마 구름 위에 있을 거야. 메리 포핀스도 살고.」

부치가 과자를 씹으며 대답했다.

구름 위라고?

「걸어 다닐 수는 있을까?」

내가 물었다.

「물론이야. 원하면 뛰어다닐 수도 있지.」

「그럼…… 어떻게 거기에 갈 수 있는데?」

「하느님이 데리고 가시지. 양팔로 너를 붙잡고 위로 올라가실걸.」

부치가 손바닥으로 입가에 묻은 과자 부스러기를 털며 대답했다.

어떡하지? 현기증이 나면 안 될 텐데.

「그렇지 않아.」 줄리아가 또다시 끼어들었다.

「하느님은 너무 바쁘셔. 비행기를 타야 할 거야, 아마.」

「난 비행기 여러 번 타봤는데 천국에 간 적은 한 번도 없어!」

부치가 대답했다.

「그건 천국이 훠어어얼씬 높으니까 그렇지.」

줄리아는 의자 위에 올라서서 천장을 향해 손을 뻗으며 말했다.

「하늘의 제일 꼭대기 층이라 하느님의 비행기만 다다를 수 있어.」

「무섭겠다. 아래를 내려다보면 안 되겠어.」

나는 몸이 떨렸다.

「무슨 소리야. 너무 아름답겠는걸.」

레오나르도가 소리쳤다.

「아주 운이 좋은 사람만 갈 수 있어. 왜냐하면 거긴 자리가 별로 없거든.」

디니가 설명했다.

「맞아. 명단에 이름이 있어야 해.」

줄리아가 다시 의자에 앉으며 확신하듯 말했다.

「명단?」

침묵. 이번엔 아무도 금방 대답하지 못했다.

「선생님이 설명하시는 거 못 들었어?」 줄리아가 침묵을 깨며 말했다. 「성 베드로가 가지고 있는 명단에 이름이 올라 있어야 해. 성 베드로가 천국으로 들어가는 황금 철문 앞에 서 있거든.」

만약 나폴레옹이 천국에 있다면? 그럼 나는 어떻게 문 안으로 들어갈 수 있지?

「명단에 이름이 올라가려면 어떻게 해야 되는데?」

나는 다소 걱정스러운 말투로 줄리아에게 물었다.

「하느님 마음에 들어야지. 하느님이 매주 명단을 만드시니까.」

줄리아가 대답했다.

「그런데.」

부치가 뭔가를 말하려고 했지만, 줄리아가 큰 소리로 계속 말하는 바람에 말을 멈췄다.

「정말이야. 디스코텍처럼. 우리 언니가 그러는데 거기도 명단에 이름이 없는 사람은 들어갈 수 없다고 했어.」

「이봐, 테오.」 레오나르도가 내 어깨를 붙잡으며 속삭였다. 「그곳에 가려면 죽어야 해.」

내 친구들은 어른들의 세계에 대해서는 정말 아무것도 모른다. 나는 그렇지 않다고 설명해 주었다. 살아서 그곳에 간 사람을 내가 아는데, 그의 이름은 오르페우스이고 음악가였다고.

「설마.」

레오나르도가 목소리를 높였다.

「정말이야.」

「아닐걸. 우리 가정부 아줌마가 그랬어. 천국에 가려면 죽어야 한다고.」

그때 줄리아가 소리쳤다.

「쓸데없는 소리 좀 그만 해. 어떻게 알고 있든 상관없어. 중요한 건 그런 게 아니니까. 잊지 말아야 하는 건, 천국에 가려면 착해야 한다는 거야. 나쁜 사람은 지옥으로 떨어지니까.」

「정확히 무슨 뜻이야? 착한 사람과 나쁜 사람…….」

「야야, 테오. 그런 게 왜 그렇게 중요하냐? 그건 어른들 일이야.」

레오나르도가 내 말을 끊었다.

「운동장에 나가 놀자.」

결국 이야기는 끝맺지 못했다. 내 친구들은 벌써 방금 전 대화에 대해서는 완전히 잊어버린 듯 흩어졌다. 그리고 선생님께 허락을 받자마자 눈 깜짝할 사이에 모두 교실 밖으로 나가 버렸다.

「같이 안 나갈 거야?」

굴리엘모가 문으로 얼굴을 들이밀며 물었다.

「응, 난 할 일이 좀 있어.」

나는 수첩을 집어 들며 대답했다.

「넌 참 이상한 생각을 다 하는구나.」

굴리엘모가 복도로 사라지며 말했다.

교실에는 중국인 친구와 나만 남았다. 시엔은 동요 없이 종이에 계산을 하고 있었다.

나는 역사 공책을 펼치고 알게 된 중요한 정보를 적기 시작했다.

지옥: 나쁜 사람이 간다. 절벽에서 밀어 떨어뜨린다. 더워 죽을 정도다. 마치 흙장난을 하거나 자동차에 갇혀 있을 때처럼. 누구나 들어갈 수 있다.

천국: 착한 사람, 운이 좋은 사람이 간다. 하느님의 비행기를 타야 갈 수 있다. 현기증만 안 난다면 아름다운 곳. 디스코텍처럼 명단에 이름이 올라 있어야 한다.

문제는 이거다. 착한 사람과 나쁜 사람은 정확히 어떤 사람을 말하는 거지?

줄리아는 친구들이 자기 공책을 베끼지 못하게 한다. 그러면 선생님 말씀을 잘 따랐으니 착한 아이일까? 아니면 친구들을 도와주지 않았으니 나쁜 아이일까? 또 수지 아줌마처럼 자기 자식이 아닌 다른 집 아이들을 돌보는 가정부가 돈을 벌어서 집에 보내면 착한 사람일까, 아니면 자기 가족들과 멀리 떨어져 지내니까 나쁜 사람일까? 나폴레옹은 착한 사람이었을까, 나쁜 사람이었을까?

내 생각엔 절대로 어느 한쪽이라고 판단할 수는 없고, 두 가지 면을 다 갖추고 있다고 봐야 할 것 같았다.

나는 배낭 속에 책을 넣으며 분명히 이해할 수 있는 방

40

법이 있을 거라고 생각했다.

나는 기필코 그 방법을 찾아내야 한다.

3

「테오, 학교 잘 다녀왔니?」

엄마가 집에 들어오자마자 나에게 물었다.

손에는 장을 본 짐이 다섯 개나 되었다. 알지다 아이스 크림콘이나 하다못해 킨더 초콜릿 같은 건 하나도 들어 있지 않을 거라고 나는 확신했다.

내가 미처 대답을 하기도 전에 엄마는 언젠가 내셔널 지오그래픽 다큐멘터리에서 본 코브라처럼 빠르게 부엌으로 사라졌다.

나는 엄마를 따라갔다. 그리고 엄마와 이야기하기 위해 문 옆에 앉아 40분을 기다렸다. 하필 엄마가 장을 봐 왔다니 지독하게 운도 없는 날이다! 엄마가 그걸 정리하면 언제나 시간이 오래 걸렸다. 나는 문 옆에서 기다렸다.

「수지,」엄마가 물건을 모두 정리하자마자 가정부를 불렀다. 「펜 들고 이리 좀 와봐요.」

내가 막 질문을 던지려던 순간이었다! 다른 날보다 두 배는 운이 나쁜 날이다. 왜냐하면 한 주일 메뉴를 준비하는 목요일이고, 대부분 엄마가 좋아하는 메뉴로 준비를 하기 때문이었다.

수지가 고개를 끄덕이며 말했다.

「말씀하세요.」

메뉴를 다 정하자, 엄마는 냉장고 문에 내 곰돌이 푸 자석으로 쪽지를 붙였다.

「엄마, 할 말이 있어요.」

나는 어른들이 자기 이야기에 귀 기울이도록 만들 때 쓰는 말투를 흉내 내려고 애썼다.

엄마가 몸을 숙여 내 머리를 쓰다듬으며 말했다.

「금방 다시 내려올게. 지금은 할 일이 좀 있어.」

나는 안방으로 올라가는 엄마를 뒤따라갔다.

엄마는 가방과 약봉지를 옷장 옆 의자 위에 올려놓은 뒤 고무줄로 머리를 묶고, 높은 구두 굽으로 가까스로 균형을 잡으며 한쪽 발씩 신발을 벗었다. 이어 스웨터의 단추를 풀고, 구멍 난 스타킹을 벗고 다른 스타킹을 신었다. 그러고는 약봉지를 다시 들고 그 안에서 어떤 약통을 하나 꺼내 설명서를 읽기 시작했다.

으으.

엄마는 뭔가를 읽고 있을 때 말을 걸면 헷갈린다며 싫어

하셨다. 나도 그걸 잘 알고 있었다.

우리 엄마는 한 번에 한 가지 일밖에 못하신다. 때로는 그 한 가지 일마저 제대로 못할 때도 있다. 옷장을 정리한다든지, 내셔널 지오그래픽 채널을 찾는다든지, 누나의 새 컴퓨터를 사용하는 그런 일들 말이다.

설명서는 내용이 긴 모양이었다. 목 아플 때 먹는 알약의 설명서와는 종이가 좀 달라 보였다. 꼭 고대 이집트의 파피루스처럼 생겼다.

「엄마, 뭐 좀 물어봐도 돼요?」

「잠깐만, 테오.」

엄마는 계속 읽으며 대답했다.

나는 또 기다렸지만 엄마의 설명서 읽기는 좀처럼 끝나지 않았다.

나는 용기를 내서 다시 말을 걸었다. 어떻게 보면 그것도 나의 전투였다.

「엄마, 학교에 모범생이 하나 있는데 걔는 친구들이 자기 공책을 베끼지 못하게 해요. 그러면 착한 거예요, 나쁜 거예요?」

엄마는 설명서 읽는 데 정신이 팔려 내 말을 듣지 못했다. 나는 다시 물었다. 어른들과 말할 때는 항상 집요하게 물어볼 필요가 있다.

「여섯 시간마다 먹으라는 거지. 그럼 지금이 2시니까……

3시, 4시, 5시, 6시, 7시, 8시…… 밥 먹기 전에…… 그 다음엔 알람을 2시에 맞춰 놓아야겠군…….」

「뭐라고요?」

「테오, 미안. 잠깐만.」

엄마는 천장을 향해 고개를 들고 또다시 알 수 없는 숫자를 중얼거렸다.

나한테 말하고 있는 건 아닌 듯했다. 왜냐하면 그게 뭔지 나는 전혀 이해할 수 없었고, 또 저승에 대한 이야기라 해도 숫자와는 관계없을 테니까.

엄마는 혼잣말을 하고 계셨다.

그리고 침대에 걸터앉아 안경을 쓰고 종이를 코앞에 바짝 갖다 대면서 침대 옆 테이블 위의 불을 켜셨다. 그 모습을 보고 있으니 나는 걱정이 되기 시작했다. 내 계산에 의하면 아직도 몇 시간은 더 걸릴 게 뻔했다.

나는 세 번째로 질문을 시도했다.

엄마는 한숨을 한번 쉬더니 파피루스에서 눈을 떼고 나를 보았다.

「엄마, 바쁜 건 아는데요, 착하다는 게 뭔지 정확히 알고 싶어요.」 내가 말했다.

「아들, 나중에 얘기하면 안 될까? 이따가 네가 물어보는 거 전부 대답해 줄게.」

엄마는 다시 종이를 코앞으로 바짝 갖다 댔다.

나폴레옹이 나라면 이럴 때 어떻게 했을까? 엄마의 주의를 끌기 위해 대책을 세울 필요가 있었다. 왜냐하면 이런 경우 마냥 기다린다는 건 좋은 방법이 아니기 때문이었다. 끝없이 기다리게 될 수도 있는 일이었다.

그거다! 구식이긴 하지만 효과가 확실한 방법.

「착한 것과 나쁜 것이 뭔지 정확히 알고 싶다고요.」

그리고 잠시 뒤 나는 짧게 심호흡을 하면서 용기를 모아 내뱉었다.

「에이 씨.」

그러자 엄마는 즉시 파피루스에서 고개를 들었다.

「그런 말 하는 거 아니랬지, 테오!」

나는 작은 전투에서 승리했다. 드디어 엄마의 관심을 끈 것이다.

「나쁜 말을 하면 지옥에 가요?」

「당연하지.」

「괜찮아요. 찜통더위도 엄마만큼 힘들게 만들지는 않을 테니까.」

「테오, 넌 어린애니까 천국에 갈 거야.」

「엄마는요?」

「엄마도 천국에 갔으면 좋겠어.」

엄마는 그렇게 말하고 또다시 설명서를 읽으려 했다.

난 뭐든 방법을 찾아야 했다. 최대한 빨리.

「그런데 왜 맨날 아빠랑 싸워요?」

침묵.

당황.

엄마는 아까보다 더 깊이 한숨을 쉬었다. 그리고 안경을 벗고 손가락으로 얼굴을 만지작거리며 말했다.

「엄마랑 아빠는 논쟁을 하는 것뿐이야. 어느 집에서나 있는 일이란다.」

「싸우거나 누군가를 화나게 만들어도 착하다고 할 수 있는 거예요?」

「그렇지는 않지만 가끔씩 일어나는 일이야. 사람들은 모두 잘못을 저지르니까.」

엄마가 가느다란 목소리로 말했다.

「하지만 다행히 하느님은 우리를 용서해 주신단다.」

「하느님이 엄마도 항상 용서해 줘요?」

「진심으로 잘못을 고백하고 뉘우치면 용서해 주시지.」

「잘못을 고백할 때 엄마는 진심이에요?」

엄마는 잠자코 벽을 응시했다.

「엄마, 잘못을 뉘우칠 때 진심이냐고요?」

대답은 돌아오지 않았다.

괜찮다. 나도 잘 안다. 이럴 때는 더 이상 집요하게 물으면 안 된다는 걸.

4

저녁을 먹고 나서 엄마 아빠는 거실 소파에 앉아 〈이 사람을 본 적 있나요?〉를 시청했다. 원래 수요일에 방송하는 건데 전날 저녁에 다투느라 못 보고 지나갔다. 그래서 라이 채널로 재방송을 보는 거였다.

두 분은 몇 년째 〈이 사람을 본 적 있나요?〉를 꾸준히 보고 계신다. 내 생각엔 뭔가 탐정이 된 것 같은 느낌을 주는 프로그램이기 때문인 것 같다.

그 순간만큼은 두 분이 다투지 않으셨다. 오히려 미스터리를 풀기 위해 머리를 맞대곤 하셨다. 그러다 그 프로그램에서 실종자를 찾기라도 하면 마치 잘 아는 사람이라도 되는 양 기뻐하신다.

하지만 프로그램이 행복한 결말로 끝나는 일은 드물다. 왜냐하면 실종자를 찾아도 대부분 이미 사망했거나 부모의 학대를 못 이겨 가출한 청소년들이 많기 때문이다. 그래서 나는 그 프로그램을 별로 좋아하지 않는다.

우리 부모님은 거기서 사라진 사람들의 이름을 기억하고 계신다. 가끔 차를 타고 가다가 갑자기 엄마가 이렇게 말할 때가 있다. 「잠깐, 알폰소, 저 아이……. 알폰소, 저기 좀 봐요! 저기…… 누런 바지 입은 아이…… 〈이 사람을 본 적 있나요?〉에서 찾고 있던 아이 올리비에로 아닌가?」

아빠는 자동차 속도를 줄이고 눈을 크게 뜨고는 빵을 먹으며 지나가는 초라한 차림의 소년을 뚫어지게 처다봤다. 그리고 소년을 지나친 뒤에 말했다. 「아니야! 올리비에로로는 눈동자가 초록색이라니까.」

그날 저녁, 소파에 나란히 앉아 있는 두 분을 방해하거나 질문을 해선 안 될 것 같았다. 그래서 나는 그냥 내 방으로 갔다.

사실 엄마가 나한테 한 말 중에는 따지고 싶은 부분이 있었다. 엄마는 나쁜 말을 하면 지옥에 간다고 했지만 가끔 엄마와 아빠도 그런 말을 쓰신다. 그러면서 나한테는 다시는 그러지 말라고 하신다.

두 분만 그러시는 게 아니다. 어른들 모두 그런 말을 쓴다. 수지 아줌마는 오븐에 넣은 빵이 타버리자 〈제기랄!〉이라고 했고, 마틸데 누나는 수요일에 저녁을 먹을 때 〈지긋지긋한 가족이야!〉라고 했으며, 피아 선생님도 언젠가 학교 밖에서 남편에게 〈디노! 당신 일이나 잘해요. 빌어먹을!〉 하고 말하는 걸 내가 들었다. 또 줄리아까지도 친구들이 질문을 하면 〈저능아!〉라고 말했다. 대명사 공부하는 걸 까먹었을 때는 〈멍청해 죽겠어!〉라고 말하기도 했다. 작은 소리로 말했으니 아무도 듣지 못했을 거라고 생각하겠지만 나는 입 모양을 보고 알 수 있었다.

아마도 사람들이 저승에 대해 말하는 걸 좋아하지 않는 이유가 이것 때문인가 보다. 자기들이 사용한 나쁜 말들 때문에 지옥에 갈까 봐 두렵기 때문에 말이다.

나폴레옹도 나쁜 말을 썼는지 누가 알겠는가?

나는 나폴레옹이 푸른 벨벳 외투를 입고 바나나 모양의 모자를 쓴 멋진 모습만 봤을 뿐이지 않은가.

또 무심코 그런 말이 튀어나왔다고 해도 그가 죽기 전에 죄를 뉘우쳤는지 어떻게 알겠는가?

어쨌든 나는 바닥에 깔린 카펫 위에 앉아 내 역사 공책에 이런 말을 덧붙여 적었다.

지옥: 욕을 하고 뉘우치지 않은 사람들이 간다.
천국: 욕을 하고 뉘우친 사람들이 간다.

벌써 많은 진전이 있었다.

그날 밤 나는 평온히 잠들 수 있었다.

3일째

금요일

5

오후 내내 나는 현관문 앞에 주저앉아 나폴레옹 책 속에 있는 「툴롱 포위전」을 읽었다.

〈1793년의 일이었습니다.〉 이야기는 이렇게 시작되었다.

해안가에 대포를 실은 배들이 가득한 그림이 그려져 있었다. 배들을 가리키는 화살표 옆에는 〈영국〉이라고 쓰여 있었고, 해안에는 〈프랑스, 툴롱〉이라고 쓰여 있었다.

나폴레옹은 뭍에 서서 망원경으로 바다를 보고 있었다. 모자에는 〈포병 대장〉이라는 글자가 쓰여 있고, 그의 뒤쪽에는 프랑스 군대가 있었다.

「불가능한 싸움입니다!」 병사 한 명이 그에게 말했다.

「우리 대포로 배들을 쏘기엔 너무 멉니다.」

「저 작은 탑을 정복한다.」

나폴레옹이 배들 바로 앞 해안에 우뚝 솟은 탑을 가리

키며 말했다.

「거기서 공격할 것이다!」

전장에는 폭풍우가 몰아쳤다. 그러나 나폴레옹은 군인들에게 따르라는 표시를 하고는 천둥과 번개를 가르며 탑을 향해 말을 달렸다.

나폴레옹 덕분에 프랑스는 탑을 점령하고 툴롱 전투에서 승리했다.

「아빠!」 열쇠 돌아가는 소리가 들리자마자 내가 소리쳤다. 「아빠, 질문 있어요!」

아빠는 밖에서 지내고 하루 만에 집에 들어오는 길이었다.

「누가 집에 들어오면 인사부터 해야지, 테오.」

아빠가 코트를 벗으며 말했다.

「다녀오셨어요, 아빠. 뭐 하나만 물어봐도 돼요?」

「잠깐만. 지금 막 들어온 거 안 보이니?」

아빠가 살짝 미소 지으며 말했다.

아빠는 활짝 웃는 일이 거의 없다.

나는 아빠를 따라 부엌으로 갔다.

아빠는 수지에게 인사하고 냉장고를 열었다. 수지가 만드는 라구 소스가 묻지 않도록 셔츠의 소매를 걷은 뒤, 아빠는 냉장고에서 백포도주 한 병을 꺼냈다. 수지는 매주 금요일마다 일요일에 우리가 먹을 소스를 만들어 둔다.

「아빠, 중요한 거예요.」

아빠가 서랍 속을 뒤적이는 모습을 보며 내가 말했다.

포도주 병따개는 좀처럼 나오지 않았다.

「넌 언제나 중요하다고 말하지.」

아빠는 화를 내기 시작했다(나 때문이 아니라 병따개 때문이기를 바랐다).

「그러면 신용을 잃게 된단다. 진짜 남자가 되려면 어떻게 해야 하지?」

「머리를 써야죠.」

나는 확신에 차서 말했다.

아빠의 질문은 나와는 반대로 언제나 똑같다. 그래서 대답하기도 무척 쉽다.

머리를 써야 한다. 나는 아빠가 내게 귀를 기울이도록 만들기 위해 잽싸게 작전을 짜야 했다. 아빠를 공격할 작전을. 툴롱에서 나폴레옹이 그랬던 것처럼 말이다.

나는 용기를 내어 아빠의 눈을 똑바로 보았다.

「아빠, 나폴레옹은 지금 어디 있어요?」

「엄마 아빠가 선물한 책이 마음에 드나 보구나! 그걸 읽고 있니?」

「네, 나폴레옹에 대해 더 자세히 알고 싶은데 뭐 하나 물어봐도 돼요?」

드디어 아빠가 병따개를 찾았다. 아빠는 뚜껑을 따고

포도주를 잔에 따랐다.

「뭔데?」

「그러니까……」

하지만 나는 말을 멈췄다. 내 계획은 말할 수 없다. 그건 비밀이다.

「나폴레옹이 어디에 있는지만 알려 주세요, 아빠.」

나는 거실로 가는 아빠를 따라갔다. 아빠는 소파에 앉아 텔레비전을 켰다.

「나폴레옹은 죽었어, 테오.」

아빠는 라이 채널을 찾으며 말했다.

「그러니 만날 수 없어.」

「뭐라고요? 오르페우스가 부인을 다시 데려오려고 저승에 간 이야기를 해주신 건 아빠였잖아요!」

「그랬지. 하지만 그건 고대 그리스 이야기잖아. 지금은 달라.」

「그럼 만약에 오늘 엄마가 돌아가신다면 아빠는 어떻게 할 거예요?」

「테오, 그런 건 네가 생각할 일이 아니야.」 아빠는 진지해져서 말했다.

「아빠는 엄마를 데리러 안 갈 거예요?」

「지금은 뉴스 좀 보자. 다음에 또 얘기하고.」

아빠는 존경받는 사람이 되려면 뉴스를 봐야 한다고 늘

말씀하셨다. 사람들에게 속지 않으려면 정보와 교양을 쌓아야 한다고 말이다. 나는 더 이상 말하지 않았다. 말해봐야 소용없었을 거다.

나는 오늘의 전투에서는 이기지 못했다. 더 좋은 방법을 찾아야 했다.

나는 운명 게임을 해보기로 했다. 어릴 때 할머니가 가르쳐 주신 건데, 뭔가 답이 필요할 때 좋아하는 책을 들고 아무 데나 펼치면 찾을 수 있을 거라고 하셨다.

나는 나폴레옹 책을 가져왔다.

새로운 이야기가 시작되는 부분이었다.

〈1796년, 나폴레옹은 오스트리아에 점령된 이탈리아를 정복해야 했습니다.〉

그의 군대는 약했고 정신력도 형편없었다.

「절대로 승리하지 못합니다.」병사가 말했다.

「불가능합니다.」다른 병사가 말했다.

「우린 패하고 말 겁니다.」또 다른 병사의 말이었다.

오스트리아인들이 프랑스와 이탈리아를 가르는, 아주 높은 알프스 산 정상에 올라가 있는 그림이 그려져 있었다. 그들은 이탈리아 쪽에 있고, 반대쪽에는 프랑스 군대가 있었다.

「알프스 산을 넘을 수가 없습니다. 모두 얼음으로 덮여 있습니다.」

늙은 장군이 말했다.

「좋은 생각이 있소.」 나폴레옹이 소리쳤다.

「산을 넘을 수 없다면 돌아서 갑시다!」

다음 그림에서 나폴레옹 군대는 한밤중에 산을 돌아 불시에 적을 공격하고 있었다.

돌아서 가다니!

그림 밑에는 이렇게 쓰여 있었다.

〈이렇게 나폴레옹은 이탈리아에서의 첫 번째 전투에서 승리했습니다.〉

돌아서 간다. 참 좋은 생각이었다. 할머니는 점쟁이보다도 더 많은 걸 아시는 분이었다.

아빠와 대화하기 가장 좋은 시간은 잠자리에 들기 전이다. 아빠는 잘 자라는 인사를 하러 매일 내 방에 오시는데, 시간이 있는 날엔 아빠가 어릴 때부터 갖고 있던 그리스 신화 책들 중에서 이야기 하나를 읽어 주기도 하셨다.

나는 잠이 안 오면 읽으려고 나폴레옹 책을 바닥에 놓았다. 방의 불을 끈 뒤, 침대 옆 탁자에 놓여 있는 유령 퇴치용 램프를 켰다. 악몽을 꾸다가 잠이 깼을 때 나를 지켜 주는 특별한 램프다. 그때 아빠가 들어오셨다.

「아빠,」 문이 열리자마자 내가 말했다.

「어젯밤에는 나쁜 꿈을 꿨어요. 무서워요.」

「꿈은 진짜가 아니야.」

「수지 아줌마는 현실보다 더 진짜라고 하던데요.」

「수지는 우리와 다른 문화를 가지고 있거든. 수지가 하는 말은 가끔 이해하기 어려울 때도 있어.」

「그렇지만 아주아주 나쁜 꿈이었어요.」

「무슨 꿈이었는데?」

「제가 천국 문을 두드렸고 성 베드로가 아빠였는데 좀처럼 문을 열어 주지 않으셨어요. 오히려 저를 발로 차 절벽 아래로 떨어뜨리셨어요. 그래서 저는 지옥으로 떨어졌어요. 제가 뭘 잘못한 걸까요?」

「아니, 왜 그런 생각을 하니?」

아빠는 충격을 받은 것 같았다.

돌아서 가라!

「저는 지옥이 무서워요. 거기 안 가려면 어떻게 해야 돼요? 천국에 가려면 어떻게 해야 하는지 아빠가 가르쳐 주시면 잠들고 나서……」

「테오, 왜 그런 걸 겁내는 거냐? 그런 걱정은 할 필요가 없어.」 아빠는 손으로 머리를 빗어 넘기며 말했다.

「미래에 대해 생각하고, 너 자신과의 전투에서 승리할 준비를 해. 겁쟁이가 되어선 안 돼. 겁쟁이들은 불행해진단다. 너도 거지가 되고 싶진 않을 거야. 거지가 뭔지 알지?」

「거지요?」

「길에서 사는 사람 말이다. 길바닥에 앉아 있는. 그 사람들은 싸울 용기가 없어서 사람들이 적선해 주는 돈 몇 푼을 빨아먹으며 살거든.」

「돈을 어떻게 빨아먹어요?」

돈을 녹여서 마신다는 말인가? 아니면 엄마가 알약을 먹는 것처럼 동전을 한 개씩 한 개씩 삼킨다는 말인가? 무엇보다, 그걸 왜 빨아먹는 거지?

「표현을 그렇게 하는 거란다, 테오. 그건 중요하지 않아. 중요한 건 미래에 어떻게 되길 원하는지 너도 생각하기 시작해야 한다는 거야. 무슨 직업을 갖고 싶은지, 어떤 집에서 살고 싶은지…….」

「아빠는 어렸을 때부터 그런 생각을 하셨어요?」

「아빠는 뭘 원하는지 항상 생각했지.」

「그럼 이렇게 엄마랑 싸우면서 살고 싶었어요?」

아빠는 무서운 표정으로 나를 보았다. 그러고는 바지의 주름을 매만지며 일어나 두어 번 뒷걸음질을 했다.

「네가 아직 이해하지 못하는 게 있어. 그건 좀 더 크면 얘기하자.」

「그렇지만…….」

「오늘은 여기까지.」 아빠 목소리가 조금 커졌다.

「잘 시간이다.」

「저는 엄마 아빠를 돕고 싶을 뿐이에요.」

「테오, 네 할 일을 잘하는 게 도와주는 거야.」 아빠가 방
문을 열며 말했다.

「마틸데를 본받으렴.」

그리고 아빠는 방을 나갔다. 나 혼자만 남겨둔 채.

6

나는 마틸데 누나와 이야기하기 위해 방에서 나왔다. 누나에게 착하다는 게 정확히 무슨 뜻인지 물어보고 싶었고, 고등학교에서는 어디 가면 나폴레옹을 만날 수 있다고 배웠는지 묻고 싶었다. 누나 방의 문은 반쯤 열려 있었다. 나는 누나가 뭘 하는지 들여다보았다.

누나는 엄마의 줄자를 허리에 감고 거울 앞에 서 있었다. 얼굴은 꼭 금색 꼬리가 달린 긴꼬리원숭이를 닮았다. 아프리카에서 새로 발견된 특이한 원숭이 말이다. 내셔널 지오그래픽 다큐멘터리에서 본 적이 있다. 이름 때문에 기억에 남기도 하지만, 다소 엉뚱한 면이 누나를 닮아서 더 잊혀지지 않는다.

다큐멘터리에는 긴꼬리원숭이 새끼 한 마리가 나왔다. 녀석은 먹고 있던 무화과 잎을 떨어뜨린 줄도 모르고 넋이 나간 채 카메라를 쳐다보았다. 배꼽 부근에 줄자를 감

고 거울을 보고 있는 누나의 모습은 그 녀석과 완전 똑같
았다. 키가 좀 더 크고 꼬리만 없을 뿐.

누나와 누나 친구들은 정말 이상한 짓들을 한다!

손톱을 분홍색으로 칠한다든지, 몸을 구부리면 엉덩이
가 보이는 바지를 입는다든지, 피어싱을 하고, 눈을 새까
맣게 화장하고, 엄마의 줄자를 몸에 감기도 한다.

나는 문을 열고 들어가 누나에게 다가갔다. 내가 뒤에
서 있는 걸 발견한 누나는 비명을 질렀다. 그것도 아주 크
게. 일요일 아침에 엄마가 잠에서 깼을 때 침대 옆에 서서
바라보고 있는 나를 발견하고 지르는 비명보다 훨씬 컸다.

「아직도 안 자고 뭐 해?」

누나는 새빨개진 얼굴을 하고 줄자를 뒤로 감추며 화가
난 목소리로 말했다.

비밀스러운 일이라도 하고 있었던 걸까?

그래도 나를 때릴 만한 일은 아닐 거다. 또 내 머리로 라
틴어 사전을 날리면 어쩌지? 얼마 전에 한번 그런 일을 당
했는데, 그날 오후 내내 나는 혹을 달고 지내야 했다.

그냥 나가려고 문손잡이를 잡았는데 이런 생각이 들었
다. 〈까짓 거, 한번 부딪쳐 보는 거야. 또 사전으로 맞든
말든.〉

나는 최대한 친절한 목소리로 물었다.

「누나, 나폴레옹이 누군지 알아?」

누나는 마치 영화 「E.T.」에 나오는 외계인을 보듯 나를 처다보았다.

「뜬금없이 무슨 소리야? 빨리 내 방에서 나가!」

다행이다. 아무 일도 일어나지 않았다.

내 친절함 따윈 누나한테 아무 상관이 없다. 전혀 그 차이를 못 느끼니까. 누나는 항상 나를 외계인 보듯 노려보기 때문이다. 누나가 그렇게 처다보는 사람이 나뿐인지는 잘 모르겠지만, 적어도 나를 대할 때는 늘 그렇다.

어서 다른 묘안을 생각해 내야 했다.

착하게 대해 봐야 누나한테서는 아무것도 얻을 수 없으니 못되게 구는 게 맞을 거다.

「대답 안 해주면 누나가 줄자를 훔쳤다고 엄마한테 이를 거야……」

「젠장.」

그러나 누나는 곧 조용해졌다. 누나가 줄자로 무엇을 하고 있었는지 내가 이해하지 못했기 때문일 것이다.

누나는 평소와 똑같은 모습으로 돌아가 말했다.

「나폴레옹을 모르는 사람이 어딨어? 알고 싶은 게 뭔지 어서 말하고 나가!」

「나폴레옹이 지금 어디 있다고 생각해?」

「장난해? 당연히 죽었지.」

「아우, 그건 나도 알아! 근데 지금 어디에 있는지 궁금

하다고…….」

「헐!」

그 순간 누나는 무화과 잎을 빼앗긴 금빛 꼬리의 새끼 긴꼬리원숭이가 소리치는 모습과 똑같았다.

「종교에 따라 달라.」

누나는 줄자를 둘둘 말아 책상 위에 놓고 후드 티를 입었다. 모자에 소스 얼룩이 있는 걸 봤지만 나는 아무 말도 하지 않았다.

「종교에 따라 다르다니, 어떻게?」

「여러 가지 설이 있어. 가톨릭에서는 지옥이나 천국으로 간다고 믿지만, 불교에서는 윤회설을 믿지. 또 무신론자들, 그러니까 신을 안 믿는 사람들은 죽으면 아무것도 없다고 믿어.」

「아무것도 없어?」

「아무것도 없지. 그냥 0. 사라진다고.」

「불교에서는 윤…… 뭐라고 한다고?」

「그건 몰라도 돼.」

누나는 책상 앞에 앉았다.

그건 방을 나가라는 확실한 신호였다.

나는 또다시 물었다.

「그러니까 다 다르다고? 가톨릭 신자는 천국에 가고, 불교 신자는 윤 어쩌고, 그런 식으로?」

누나는 웃음을 터뜨리며 라틴어 사전을 들었다.

이제 던지려나 보다, 나는 생각했다.

하지만 누나는 그냥 몸을 돌리며 「이제 나가 줄래?」 하고 말했다.

내가 나가서 문을 닫으려던 순간, 누나가 말했다.

「우리는 가톨릭을 믿으니까 천국에 가려면 십계명을 지켜야 해. 이제 가.」

누나는 결코 못되지 않았다. 단지 아주 신경질적이고 비호감일 뿐이다.

누나는 죽은 다음에 어디로 갈지 모르겠다. 비호감이지만 착하기만 하면 아마 천국에 갈 수 있을 것이다. 나는 더위를 증오하는 누나가 꼭 그렇게 되길 바란다.

「십계명이 뭐야?」

「교리문답 시간에 안 배워?」

「안 배워. 우린 깃발 뺏기 놀이를 하고 놀거든.」

「그럼 성경책을 읽어 봐.」

성경책!

그것 참 좋은 생각이었다.

잠자리에 들기 전, 나는 역사 공책에 몇 마디를 덧붙여 저승에 대한 기록을 좀 더 근사하게 만들었다.

가톨릭교

지옥: 십계명을 안 지킨 사람들이 간다.

천국: 십계명을 지킨 사람들이 간다.

불교

윤해/윤애(확실히 모름)

무신론자

0, 아무것도 없음, 사라짐(아무래도 누나가 나를 놀린 것 같다)

4일째

토요일

7

나는 토요일 아침이 참 좋다.

학교에 가지 않는 날이라 휴일 분위기가 나고, 무엇보다 미사에 안 가는 날이기 때문이다. 늦게 일어나 점심때까지 잠옷을 입고 지내도 된다.

하지만 그날 나는 8시에 일어났다. 머핀과 함께 우유에 네스퀵을 넣어 아침을 먹은 뒤 거실로 가서 성경책을 찾았다.

쉬운 일은 아니었다.

우리 집에는 책이 많다. 거대한 책장이 네 개나 있는데 책들은 알파벳 순서로 꽂혀 있지 않다.

어느 토요일 아침에 엄마가 이 많은 책들을 순서대로 정리해 보려고 시도한 적이 있었다. 책을 몽땅 꺼내 바닥에 쌓아 보니 거실에 걸어 다닐 공간이 없을 지경이었다.

엄마는 안경을 쓰고 작가의 성에 따라 책을 분류하기

시작했다. 기분이 최고인 날이었는지 엄마는 내가 모르는 노래를 흥얼거리면서 리듬에 맞춰 움직였다.

엄마가 말했다.

「근사하게 정리할 테니 두고 봐!」

그러나 몇 시간이 지나자 더 이상 노랫소리가 들리지 않았다. 나는 엄마가 살아 있는지 확인하러 거실로 갔다. 갑자기 심장에 발작이 일어나 사람이 죽을 수도 있다고 누나가 말한 적이 있기 때문이다.

엄마는 먼지를 뒤집어쓴 채 소파에 기대어 말할 힘도 없이 늘어져 있었다. 책들은 여전히 거의 다 바닥에 쌓여 있었다. 엄마는 시집 한 권을 들어 벽을 향해 던지고는 곧 바닥에 뻗었다.

내가 도와줄까 하고 묻자 엄마는 괜찮다고 대답하더니 벌떡 일어나 모든 책을 선반 위에 아무렇게나 꽂았다. 거꾸로 꽂힌 책도 꽤 있었다.

「될 대로 되라지.」 엄마 눈에는 눈물까지 맺힌 것 같았다. 「어떻게 되든 무슨 상관이야.」

그러고 나서 엄마가 샤워를 했는지, 먼지를 뒤집어쓴 채 외출을 했는지는 기억나지 않는다.

나는 아주 큰 성경책을 상상하고 찾기가 쉬울 거라 생각했지만, 책장을 몽땅 뒤져 봐도 도저히 찾을 수가 없었다. 다시 한 번 찾아 봤지만 마찬가지였다. 우리 집에 있는 아주 큰 책이라면 겨우 네 권뿐이다. 한 권은 흑백 사진첩, 두 권은 요리책, 나머지 한 권은 가구에 관한 책이었다.

그런데 막 포기하려던 순간, 성경책이 눈에 들어왔다. 천장에 닿을 정도로 높은 7단 책장 맨 꼭대기 칸에 성경책이 있었다. 내 손끝은 다섯 번째 칸에도 닿지 않았다. 소리를 내지 않으려고 애쓰면서 나는 의자를 가지러 식당으로 갔다. 내가 의자를 밟고 올라가는 걸 엄마가 본다면 한 달간 아이스크림을 금지할 게 뻔했다. 다행히 엄마는 세상모르고 주무시고 계셨다.

의자를 밟고 올라가도 여섯 번째 칸에 겨우 손이 닿을 뿐이었다.

소파를 책장 앞으로 끌어와 팔걸이 위에 올라선다면 닿을 수 있을 것 같았다.

나는 바로 실행에 옮겼다. 그러나 겨우내 거실에 깔아 놓는, 털이 북실북실한 카펫이 자꾸만 소파 밑에 끼었다. 시간도 너무 많이 걸렸다.

시계는 9시 45분을 가리켰다. 토요일마다 그렇듯이 10시면 부모님 방의 알람이 울릴 것이다.

서둘러야 했다.

나는 책장에 한 손을 짚고 균형을 잡으며 소파 위에 올라섰다. 하지만 자꾸만 흔들거렸다. 그러다 드디어 손이 꼭대기 칸에 닿았다.

바로 그 순간 문이 열리는 소리가 들려왔다.

나는 다른 손으로 얼른 성경책을 꺼냈다. 견디기 힘든 무게였다.

또 소리가 났다. 누군가 다가오고 있었다.

나는 소파로 내려와 바닥으로 뛰었다.

그리고 소파를 벽으로 밀어붙이려고 애를 썼다. 카펫이 자꾸만 소파 밑에 끼였다. 카펫을 잡아당기자 찢어져 버렸다.

대신 소파는 잘 움직였다.

나는 소파를 제자리로 옮기고 카펫이 찢어진 부분을 가리고 앉았다.

다리를 꼬고 성경책을 펼치는 순간, 문이 열렸다.

「테오.」

「네, 아빠.」

나는 한껏 공손한 말투로 대답했다.

「책장 앞에 앉아서 성경책 들고 뭐 하는 거냐?」

「십계명을 읽고 있어요.」

「왜?」

비밀을 유지하는 건 결코 쉬운 일이 아니지만, 내 전투는 굉장히 중요하니 반드시 지켜야 했다.

「성경 공부를 하려고요.」

「오늘은 하루 종일 시간이 있으니 와서 같이 아침 먹자.」

「네스퀵 마셨어요. 그래도 금방 갈게요.」

아빠가 부엌으로 가자 나는 성경책을 읽기 시작했다.

한처음에 하느님께서 하늘과 땅을 지어내셨다. 땅은 아직 모양을 갖추지 않고 아무것도 생기지 않았는데, 어둠이 깊은 물 위에 뒤덮여 있었고 그 물 위에 하느님의 기운이 휘돌고 있었다.

하느님께서 「빛이 생겨라!」 하시자 빛이 생겨났다. 그 빛이 하느님 보시기에 좋았다. 하느님께서는 빛과 어둠을 나누시고 빛을 낮이라, 어둠을 밤이라 부르셨다. 이렇게 첫날이 밤, 낮 하루가 지났다.

하느님께서 「물 한가운데 창공이 생겨 물과 물 사이가 갈라져라!」 하시자 그대로 되었다. 하느님께서는 이렇게 창공을 만들어 창공 아래 있는 물과 창공 위에 있는 물을 갈라놓으셨다. 하느님께서는 그 창공을 하늘이라 부르셨다. 이렇게 이튿날도 밤, 낮 하루가 지났다.

그래, 다 좋다. 그런데 이렇게 계속 읽으면 십계명이 나오는 걸까?

하느님께서 「하늘 아래 있는 물이 한 곳으로 모여……

한 곳으로…… 모여…… 모…… 여…… 마른 땅이…… 드
러…… 나라…….」

아빠가 나를 깨웠을 때 나는 성경책에 얼굴을 묻고 있
었다. 성경책은 침 범벅이 된 채 한쪽 팔 위에 놓여 있었다.

성경책은 너무나도 따분했다. 십계명이 어느 장에 있는
지 목차에도 나와 있지 않았다.

그걸 다 읽은 사람을 찾아야 한다.

가톨릭 신자를 만나야 한다.

8

나는 엄마한테 성경책을 읽어 봤는지 물어보았다. 엄마는 「어렸을 때 읽어 봤지」 하고 대답하셨다.

안 읽었다고는 말하기 싫은 것이다.

이런 식의 대답은 물론 엄마만 하는 건 아니다. 어른들은 자주 그렇게 대답하곤 한다. 〈이 책 읽어 보셨어요?〉 하고 묻거나 〈이 영화 보셨어요?〉 하고 물어보면 어른들은 안 봤다는 대답을 두 가지 방법으로 한다.

1. 〈응, 오래 전에.〉
2. 〈뭔가 의미가 담긴 제목이었지.〉

두 가지 모두 그게 어떤 내용인지 잘 모른다는 뜻이다. 하지만 그렇게 다 알고 있는 척을 해서 자신은 더 이상 알고 싶은 것도 없고, 또 사람들이 다른 질문도 못하게 만드는 것이다.

어른들은 거의 모두 엄마랑 비슷하게 행동한다고 보면된다. 엄마가 곤란하실까 봐 아무 말 하지 않았지만, 나는엄마가 일요일마다 미사에 가지만 진실한 신자가 아니라는 걸 안다.

만약 모든 어른이 우리 엄마 같다면 진실한 가톨릭 신자를 찾기란 쉽지 않을 것이다. 교리 문답 선생님이라고해서 정말 성경을 다 읽어 봤을까?

좌절감에 휩싸여 있을 때 한 가지 해결책이 떠올랐다.어떻게 보면 너무 당연한 방법이라 좀 창피하게 느껴지기도 한다.

하느님께 직접 여쭤 보는 거다.

하느님은 당연히 성경의 내용을 잘 알고 계실 것이다.직접 쓰셨으니까!

더구나 이 세상은 그분의 것이고, 또 모든 걸 알고 계시니 십계명이 아니라 가장 중요한 질문, 나폴레옹이 어디있는지를 바로 물어봐도 되지 않을까?

그렇지만 나는 조금 걱정이 되었다. 보통 잠들기 전에기도를 하면 하느님은 아무 대답도 해주시지 않기 때문이다. 여태껏 내가 질문은 한 번도 안 해서 그럴까?

그날 밤에 질문 한 가지를 해볼 수도 있었지만, 그건 하느님을 속이는 게 될 것 같았다.

아니면 성당에 가보는 방법도 있었다. 성당은 하느님의 집이라고 엄마가 항상 말했으니까.

하지만 어느 성당에 살고 계신지 어떻게 알지?

가톨릭교는 정말 복잡하다.

아빠가 들려준 역사를 보면 고대 그리스 신화가 오히려 덜 복잡한 것 같다. 그리스 신화에 등장하는 신들은 저마다 자신의 신전에서 사는데도 사람들은 어디로 찾아가야 하는지 그리 혼란스러워하지 않는다. 그리스인들이 고개를 숙이고 와서 문을 두드리면 신은 즉시 들어오게 해준다. 신전 안에서 사람들은 신에게 조언을 구할 수 있다. 또 그 안에서는 자기 어머니와 결혼을 할 수도 있고, 미워하는 여동생을 불태울 수도 있다. 뭐든 원하면 신은 왕좌에서 내려와 이야기를 들어 준다. 그리고 착한 사람에게는 대답을 해준다. 때론 저녁 식사용으로 새끼 양을 죽여야 할 때도 있다. 그때 신이 그걸 마음에 들어 하면 도와주고, 그렇지 않으면 그를 향해 번개를 내려친다. 어쨌거나 그런 식으로 결국 문제를 해결해 준다.

나쁜 사람이란 신에게 복종하지 않는 사람이었고, 착한 사람은 올림피아 경기에서 승리하는 사람을 뜻했다.

이처럼 그리스 신화는 아주 간단하다.

그리스 신화에는 절대로 죽지 않는 불사신도 등장한다.

또 죽기는 하지만 반만 죽는 사람도 나온다. 그들은 신이기는 하지만 완벽하진 않다. 주로 남자 신과 평범한 여인, 또는 여신과 평범한 남자 사이에서 태어난 자식들이 그렇다.

지금 다시 생각해 보니 그리스 신화가 훨씬 더 복잡하다! 반만 불사신이 되어야 한다면 몸의 어느 부분이 죽는 게 나을지 고민이지 않을까?

아마도 반인반수, 즉 염소처럼 네 발 달린 사람이 되어 아랫부분이 죽는 게 나을 거다. 그럴 경우 아랫부분이 잠들기만 해도 걸을 수가 없으니 하루 종일 침대에 누워 지내야 한다.

만일 몸의 아랫부분이 죽는다 해도 윗부분은 죽지 않는다. 왜냐하면 심장이 죽어야 완전히 죽는 건데 다리만 죽는다면 아직도 살아 있는 존재이기 때문이다.

그러니까 신과 평범한 여자 사이에서 태어난 자식들은 절대로 좋은 게 아니었다.

몸은 그냥 한꺼번에 죽는 게 낫다.

가톨릭교의 하느님도 평범한 여자인 마리아와의 사이에서 아들 예수를 낳았다. 그런데 어째서 반만 죽지 않았을까?

나는 꼭 하느님과 대화를 해야 한다.

다행히 다음 날이 일요일이었다. 그러니까 하느님도 성당에 오실 게 분명했다.

5일째

일요일

9

〈1798년 파리에서는 큰 축제가 벌어졌습니다.〉

이 문장 아래 그려져 있는 나폴레옹은 지금까지 본 그림 중 가장 멋있다. 제복은 훈장으로 뒤덮여 있고, 나폴레옹은 그를 둘러싼 군중 위로 모자를 던지고 있다. 일제히 고개를 들어 위를 보고 있는 군인들에게서는 나폴레옹 군대의 일원이라는 자랑스러움이 묻어난다. 그림에는 이런 설명이 붙어 있다. 〈혹독한 전투 끝에 그들은 이탈리아를 정복했습니다.〉

나는 6시에 잠이 깨어 책 몇 페이지를 읽었다. 전날 밤에는 기도를 하다가 잠드는 바람에 하느님께 질문을 해보지 못했다. 하지만 곧 미사에 갈 거니까 여쭤 볼 수 있을 것이다. 무지 떨렸다.

나는 엄마한테 일찍 출발하자고 졸랐다. 한 시간 반 정도면 넉넉할 거라고 생각했다.

하느님은 이미 성당에서 기다리고 계실 테니 내가 일찍 가면 친구가 되어 드릴 수도 있을 것이다. 그렇지만 엄마는 안 그래도 된다며, 하느님과의 대화는 미사 시간에 해도 충분하다고 했다.

그런데 미사 중간에 하느님이 바쁘시면 어떡하지? 바쁜 사람을 방해하면 안 된다고 가르쳐 주신 건 엄마였는데.

그래도 엄마의 마음을 돌릴 방법이 없었다. 엄마는 겨우 10분 일찍 도착하기로 결정하셨다. 나는 마음속으로 하느님은 엄마와 달리 동시에 많은 일을 할 수 있는 분이기를 간절히 바랐다.

성당에 가고 싶지 않았던 누나는 집을 나서는 순간까지도 공부할 게 많다고 핑계를 댔지만 부모님은 누나 혼자 집에 남는 걸 허락하지 않으셨다. 일요일 미사에 가는 건 우리 집의 규칙으로 원하지 않더라도 반드시 가야만 했다.

우리가 다니는 성당은 아주 작다.

엄마는 걸어서 갈 수 있는 곳이라는 이유로 이 성당을 선택하셨다.

나는 정말 하느님이 이곳에 계신지 확신이 없었다.

장담할 수는 없지만, 나는 하느님이 어마어마하게 크실 거라고 생각했다. 키는 4미터가 넘고, 어깨도 아빠 자동차

만큼 넓을 것이다.

하느님은 평소에 두오모에서 살고 계실 거다. 두오모는 공간이 충분하다. 하느님의 키가 천장까지 닿을 테니 심심할 때는 거꾸로 매달려 계실지도 모른다. 포르토 에르콜레에서 따분함을 느낄 때 내가 기둥을 붙잡고 매달려 있었던 것처럼 말이다.

사람들로 자리가 꽉 찰 만큼 작은 성당에서 하느님은 어떻게 천장에 머리를 부딪치지 않고 계시는 걸까?

미사는 아직 시작하지 않았다. 옆에 앉은 누나는 아무도 자기를 보지 않을 거라고 생각하는지 휴대폰을 가지고 놀고 있었다. 엄마는 은혜를 받기 위해 기도문을 읽고 있었고, 아빠는 멍하니 허공을 쳐다보고 있었다. 우리 주위에는 같은 교구의 신자들이 앉아 있었다.

서로 다 아는 사람들이고, 가끔씩 모여 저녁을 먹거나 아시시 같은 데로 여행을 다녀오기도 한다. 대부분 마틸데 누나처럼 청소년들이라 나는 한 번도 따라가지 않았지만, 작년 크리스마스 연극에서는 내게 나무 역할을 시키기도 했다.

미사가 시작되기를 기다리는 동안 나는 손에 따뜻한 입김을 불며 하느님을 찾기 시작했다. 엄마가 돌아다니는 건 못하게 해서 그냥 눈으로만 찾아야 했다.

성당으로 오는 길에 엄마는 하느님을 눈으로 볼 수는

없을 거라고 가르쳐 주셨다.

「안 보이면 어떻게 만나요?」

내가 물었다.

「볼 수는 없지만 들을 수는 있어.」

이제 막 미사가 시작하려고 했다. 나는 소리를 잘 듣기 위해 귀를 기울였다.

하지만 아무 소리도 들리지 않았다.

나는 엄마한테 말했다.

「아무 소리도 안 들려요! 아직 여기 도착 안 하신 게 맞죠?」

「쉿, 테오. 미사 시작했어.」

나는 그것도 알아차리지 못했다.

그 순간 하느님은 성당에 계셨을 게 분명하다. 모든 사람들이 기도를 하면서 하느님께 자신의 죄를 고백하고 있었기 때문이다. 저질러서는 안 되지만 저지르고 만 죄들을 말이다. 성당에서 신부님께 고백하면 죄는 사라지게 된다. 엄마 말씀처럼 진심으로 고백하고 뉘우친다면 하느님은 용서해 주실 거니까. 죄를 한 번도 고백해 본 적 없는 나는 어떻게 신부님이 그 사람이 진실한지 아닌지를 아실까 하고 생각했다. 신부님은 용서를 했는데 하느님이 동의하시지 않을 수도 있지 않은가. 신부님은 천국에 가기 위해 모든 사람에게 착한 모습만 보여야 하지만, 하느님은 거짓

86

말을 할 필요가 없으니 말이다. 하느님은 이미 천국에 사시니까.

미사 중에도 나는 계속 귀를 기울이고 있었다. 그러나 하느님은 어떤 말씀도 하시지 않았다.

마음속으로 하느님을 불러 보았지만 대답이 없었다. 나는 계속해서 여러 차례 불러 보았다. 어른들한테도 몇 번씩이나 반복해서 물어봐야 하는데 하느님한테는 더욱더 당연한 일이었다.

두 번째도 대답은 없었다.

세 번째도.

네 번째도.

다섯 번째도.

포기. 하느님은 성당에 안 계신 게 분명했다.

우리가 성당을 잘못 찾은 거다.

성당을 나오자마자 나는 엄마에게 말했다.

「하느님은 안 계셨어요. 아무 말씀도 듣지 못했다고요!」

「귀로 들으라는 뜻이 아니었어, 테오. 말씀은 마음속……」

「마음속 뭐요?」

「하느님은 옆에 계시다는 신호를 보내 주셔. 그걸 읽을 수 있어야 해.」

「그 신호가 뭔데요?」

그 순간 엄마는 줄리아의 엄마를 만났다. 줄리아의 엄마도 줄리아와 똑같이 완벽주의자였기 때문에 나는 좋아하지 않았다. 다행히 줄리아는 언니와 먼저 집으로 가고 없었다. 엄마들이 수다를 떨기 시작하자 끝이 없었다. 나는 주위를 둘러보며 아빠와 누나를 찾았지만 보이지 않았다. 두 사람은 매번 이렇다. 미사가 끝나자마자 빛의 속도로 집에 가버린다.

그날도 엄마를 기다리는 건 내 몫이었다. 하지만 나는 기꺼이 그렇게 했다.

하느님의 신호가 무엇인지 아는 건 너무 중요했으니까.

10

엄마들은 30분이나 정신없이 수다를 떨었다. 깜빡하고 시계를 안 차고 온 날에도 시간을 측정하는 방법이 있다. 계속 서 있어 보면 알 수 있는 방법이다.

다리가 아파 온다: 15분
다리가 저려 온다: 20분
무릎이 아프다: 30분
머리가 빙빙 돈다: 한 시간 이상

무릎이 아팠으니 30분 정도 되었다는 뜻이다.

엄마는 일하던 갤러리에서 파티를 할 때 알게 된 한 프랑스 화가에게 초상화를 부탁하기로 했다고 줄리아의 엄마에게 말했다.

그 화가는 최근 주목받고 있는 사람인데 영국 여왕의

손녀 초상화를 그리기도 했다는 것이다. 그러니 엄마 생각에는 작업비가 꽤 비싸더라도 그럴 만한 가치가 있다는 뜻이었다(물론 아빠 돈이라는 말은 안 했지만 나는 알고 있었다).

화가는 수요일에 와서 우리 집 뒤에 있는 여관에 묵을 예정이다. 엄마가 예약도 해두었다.

엄마는 무슨 옷을 입어야 하는지 배경은 어떻게 해야 할지를 상의했다. 줄리아의 엄마가 웃으며 물었다.

「남편분이 질투하지 않으실까요?」

엄마는 아빠가 일 때문에 출장을 갈 거라고 말했다.

「나중에 보면 깜짝 놀라실 거야.」

엄마는 옆에서 쳐다보고 있는 나한테 말했다.

이브닝드레스를 입고 있는 엄마의 거대한 초상화라니. 아빠가 좋아할지 나는 잘 모르겠다. 깜짝 선물이라면 나는 영화를 보러 가거나 텔레비전 앞에서 피자를 먹게 해주는 게 더 좋다. 어쨌든 나는 비밀을 지키기로 했으니 엄마의 깜짝 선물은 꼭 성공할 것이다.

「엄마, 그만 가요.」

내가 말했다.

엄마는 내게 대답을 하는 대신 줄리아의 엄마에게 인사를 했다.

「그럼 전화하기로 해요.」

「잘 가라, 테오.」
줄리아의 엄마가 말했다.

집으로 오면서 엄마는 설명을 해주셨다. 하느님을 볼 수는 없지만 우리 인간들에게 신호를 보내시기 때문에 우리는 하느님이 계신 걸 알 수 있다고 했다.

「아주 특별한 신호지만 가끔 일어나기는 한단다. 맑은 하늘에 번개가 친다든지, 해가 떴는데 비가 온다든지, 생각지도 못한 전화가 온다든지, 갑자기 어떤 소식을 듣는다든지⋯⋯. 신호는 끝이 없어. 주로 우리 주변과 연관되어 있으니 그걸 알아볼 수 있어야 해.」

「우리 주변이라니 그게 무슨 뜻이에요?」

「우리가 처한 상황이라는 뜻이야. 예를 들어 네가 하느님께 〈인도에 가고 싶은데 지금은 안 될까요?〉 하고 물었는데, 며칠 뒤 텔레비전에서 인도에 관한 나쁜 소식을 보게 되는 거야. 예를 들어 인도에 전쟁 났다든가⋯⋯. 그건 네가 가면 안 된다는 신호지. 반면 자꾸 여행 가방에 걸려 넘어지면 지금 가도 된다는 뜻일 수도 있고⋯⋯.」

이제야 알겠다. 하느님께 질문을 하면 신호로 대답하신다는 말이 무슨 뜻인지.

점심을 먹자마자 엄마는 같이 벼룩시장에 가자고 했다.

그래서 또 차분히 내 방에서 하느님께 질문을 할 수가 없고 길 위에서나 해야 될 처지였다. 집 앞의 길 끝에 이르러 빨간 신호등 앞에 서 있을 때 나는 질문을 해보았다. 눈을 감고(녹색 불로 바뀌면 맹인들을 위한 신호음이 들릴 것이다) 하느님께 중얼거렸다.

「나폴레옹은 어디에 있나요? 어떻게 하면 만날 수 있죠?」

시장은 무척 소란스러웠다. 고가구를 파는 노인들로 북적거렸고, 하다못해 팝콘을 파는 가판대 하나 없었다.

내 맘에 드는 유일한 물건은 영국군 제복을 입은 키 큰 군인 인형들이었다.

「여왕의 호위병들이란다.」

나보다 키가 겨우 조금 더 크고 얼굴이 주름투성이인 주인이 말했다.

그는 비쩍 마른 손가락으로 인형 하나를 들어 내 손에 쥐어 주었다. 나는 엄마에게 그 인형을 사도 되는지 물었다. 여왕의 호위병들이니 거실에 두면 좋을 것 같았다. 하지만 엄마는 가격을 확인하고는 한 발짝 뒤로 물러서며 내 손을 잡아끌었다.

엄마가 말했다.

「좀 생각해 보자.」

그건 안 된다는 뜻이었다.

나폴레옹이 영국에 있다는 걸 말해 주기 위한 하느님의 신호일까? 아니면 지옥 입구에는 영국인 호위병들이 있다는 걸 알려 주시려는 걸까? 아, 정말 모르겠다.

하느님의 신호라는 게 갑자기 너무 복잡하게 여겨지기 시작했다.

조금 걷다 보니 시장에서 가장 멋진 가판대에 이르렀다. 흰색과 초록색의 줄무늬 천막 아래 넓은 공간에서 흠집 난 작은 가구들을 팔고 있었다. 상인은 「호두까기 인형」에 나오는 러시아 사람처럼 거대한 콧수염이 나 있었다. 그는 엄마에게 반쯤 부서진 찬장을 팔면서 어떻게 수리해야 하는지 한 20분(시계는 없지만 다리가 저려 오는 걸로 봐서) 동안 이야기했다.

엄마는 왜 새 물건을 사지 않는 걸까? 하지만 그런 질문을 하면 엄마는 매번 〈테오-넌-이해-못할-거야〉 하는 눈길을 보내곤 한다. 사실 나는 전혀 이해하지 못한다.

엄마는 다 낡은 화단용 물뿌리개도 샀다.

「물뿌리개는 집에 있잖아요.」

내가 말했다.

가끔씩 나는 요양원에 계시는 할머니를 만나러 갈 때 꼭 입어야 하는 정장에 물뿌리개로 물을 뿌려 적시곤 한다. 옷이 너무 우스꽝스럽게 생겨서 다른 옷을 입기 위한 구실을 만들기 위해서다.

엄마는 집에 있는 물뿌리개와 다르다며 오늘 산 물뿌리개는 거실에 둘 거라고 했다.

「왜 화단용 물뿌리개를 거실에 둬요?」

「왜냐하면…… 음…… 예쁘라고.」

엄마는 자신이 고르는 건 무조건 예쁘다고 생각한다.

그러면서 이상한 물건으로 거실을 꾸민 게 한두 번이 아니다. 언젠가는 학교에서 돌아오니 벽에 소 머리가 걸려 있던 적도 있었다.

황소 머리 장식은 아직도 우리 집 거실에 있다.

11

4시쯤 우리는 집으로 돌아왔다. 오후 내내 누나는 방에서 공부를 했다. 엄마는 물뿌리개 둘 장소를 바꾸느라 시간을 다 보냈다. 아빠는 축구 중계를 보았다. 수지는 주말마다 사촌에게 간다. 나는 계속 책을 읽었다.

나폴레옹은 장군이라서 막사에서 안전하게 지내야 한다. 그런데 죽을지도 모르는 위험을 감수하면서도 군인들과 함께 맨 앞에서 싸운다. 한번은 다리를 건너다 아래로 떨어지기까지 했다. 어떤 말 탄 군인이 손을 뻗어 도와주지 않았다면 그대로 죽었을지도 모른다. 나폴레옹은 무척 용감했다. 책에는 부하들에게 좋은 본보기가 되고, 상사의 느낌을 주지 않기 위해서라고 나와 있다.

로셀라 선생님이 시험 시간에 주간지에 실린 낱말 퍼즐을 푸는 대신 우리와 똑같이 수학 문제를 푸는 것처럼 말이다. 또 내 생일잔치 하는 날 엄마가 수지와 수다를 떨지 않고 나와 내 친구들과 함께 숨바꼭질을 해준 것처럼.

내 주위의 어른들은 사실 이런 걸 이해하지 못한다. 아이들 놀이를 하는 걸 좀 창피하게 생각하는 것 같다. 그나마 숨바꼭질은 유치한 놀이가 아니라 여긴다. 숨기 좋은 장소를 찾으려면 머리를 써야 하고, 숨은 사람을 찾기 위해서는 눈을 부릅떠야 한다. 우리 부모님은 게임을 잘 못하신다. 그래서 항상 내가 이긴다. 부모님은 게임에 집중하지 않고 곧잘 딴생각을 하신다.

나폴레옹은 전쟁터에서 딴생각을 하지 않았다. 죽지 않으려고 조심하고 또 집중해야 했다. 그렇게 했기 때문에 모든 전쟁에서 승리한 것 아닐까?

저녁에 우리는 엄청난 침묵 속에서 라구 파스타를 먹었다. 꼭 벙어리들의 식사 시간 같았는데, 나는 이렇게 조용한 집에서 지내는 게 괴롭다.

엄마는 접시만 쳐다보는 아빠를 기분 나쁜 눈으로 바라보셨다. 또 다투신 게 틀림없었다. 아마 엄마는 물뿌리개를 이리저리 옮겨 놓느라 텔레비전 앞을 계속 왔다 갔다 했을 것이다. 아빠는 축구 중계를 보는 동안 방해를 받으면 엄청나게 화를 내신다.

누나 역시 말없이 생선에서 올리브를 골라내고 있었다. 누나는 생선 요리가 마음에 안 든다는 듯 포크로 으깨더니 한입에 다 먹어 버렸다.

나는 뱃속이 거북해졌다. 시계의 빨간 초침만이 소리를 내고 있었다. 똑딱똑딱……

나는 끔찍한 침묵을 깨려고 아빠한테 말을 걸었다. 「아빠, 나폴레옹이……」

「밥 먹어, 테오.」

누나가 팔꿈치로 나를 치며 말했다.

아빠는 나를 보려고 고개를 들지도 않았다.

「응, 근데 나폴레옹에 대해 할 말이……」

「그래, 테오. 말해 봐.」

엄마가 말했다.

「근데 우리는 왜 이렇게 조용히 밥을 먹어야 돼요?」

「넌 아무것도 몰라.」 누나가 성내듯 말했다.

「그렇게 모르겠어? 이 바보 멍청아. 넌 언제나 상황을 더 나쁘게 만드는 애야.」

「그만들 해!」

아빠가 소리쳤다.

아빠는 다 먹지도 않고 의자에서 일어나 나가 버리셨다.

「정말 싫어.」 마틸데 누나가 울음을 터뜨렸다.

「다 싫어.」

누나는 의자를 넘어뜨리며 일어섰다.

「네 방으로 가는 게 좋겠구나, 테오.」

엄마가 중얼거렸다. 마치 식탁 앞에 혼자 있는 것처럼.

주위가 완전히 텅 빈 느낌이 들었다. 마치 공기가 부족한 것 같고, 수많은 바늘이 내 얼굴을 찌르는 느낌이었다. 나는 이를 악물고 울지 않으려고 노력했다. 아무렇지 않은 척하고 싶을 때 쓰는 방법인데 지금까지는 매번 효과가 있었다.

그러나 이번엔 아니었다. 내 방으로 뛰어 들어가자마자 아기처럼 울음이 터져 버렸다. 나는 문을 닫고 침대에 누웠다.

누나 말이 맞을까? 매일 집에서 싸움이 일어나는 게 내가 잠자코 있지 않기 때문일까? 도대체 내가 뭘 알아야 하고 뭘 모른다는 걸까?

나는 유령 퇴치용 램프를 켜고 나폴레옹 책을 읽기 시작했다. 요즘은 나폴레옹만이 유일한 내 친구다.

6일째

월요일

12

책 표지의 한쪽 모서리가 내 볼을 찔렀다.

손으로 문질러도 찔린 자국은 좀처럼 없어지지 않았다. 게다가 책장도 한 장 구겨졌다. 나는 구겨진 부분을 잘 편 뒤 책을 덮고 램프 위에 올려놓았다. 이렇게 두면 원상태로 돌아갈 것 같았다.

이불 위로 서늘한 기운이 느껴졌다. 이제 침대에서 일어나려면 시간이 좀 걸린다. 엄마가 나를 불렀다. 나는 용기를 내어 일어나 옷을 입었다.

1교시에는 수학 시험을 보았다.

로셀라 선생님은 한 사람 한 사람에게 시험 문제지를 나누어 주었다. 문제지를 다 받기 전에 먼저 문제를 보는 건 허락되지 않았다. 선생님은 마치 연극을 하는 사람처럼 말했다.

「3학년 A반 꼬맹이들, 드디어 3년 동안 갈고 닦은 수학 실력을 보여 줄 때가 왔노라……」

선생님은 우리가 긴장된 숨을 쉬며 시험지 위에 연필을 놓고 준비가 될 때까지 잠시 기다렸다. 그러고는 주먹을 불끈 쥐어 올리며 말했다.

「자, 열심히 풀어서 여러분의 실력을 보여 주기 바란다. 준비됐지?」

선생님은 교탁 뒤에 걸려 있는 시계의 바늘이 9시 정각을 가리킬 때까지 기다렸다가 말했다.

「시작!」

나는 줄리아 앞자리에 앉았기 때문에 문제없을 거라 생각했다. 하지만 모범생은 내가 답을 베끼도록 허락해 주지 않았다.

「답을 베끼면 넌 아무것도 배우는 게 없어, 테오. 수학을 잘하려면 공부를 해야 돼.」

줄리아가 말했다.

마치 내가 수학을 이해하는 게 중요한 것처럼. 난 그저 이번엔 점수를 잘 받고 싶을 뿐이라고! 그렇지만 줄리아는 시험지 앞에 머리를 푹 숙이고 손으로 숫자를 가렸다.

「다 너를 위해서 이러는 거야.」

줄리아는 겨우 용기를 냈다는 듯 덧붙여 말했다.

늘 수학 점수가 좋은 또 다른 애는 중국인 친구 시엔웨이다. 그러나 그 애의 자리는 답을 베끼기엔 너무 멀었다. 게다가 그 애는 누구하고도 말을 하지 않는다.

나는 혼자 문제를 풀 수밖에 없었다. 나로 말하자면, 수학은 아는 게 하나도 없었다! 계산은 무엇 하나 제대로 되지 않았다. 나눗셈은 꼭 나머지가 남았고, 곱셈은 답이 틀린 것 같았으며, 덧셈은 모두 1,000을 넘고, 뺄셈은 하나같이 답이 0이 나왔다.

이번 시험도 망친 게 분명했다.

20분이 지나자 시엔은 일어나 답안지를 제출했다. 30분이 더 지나자 줄리아가 답안지를 냈다. 그리고 한 사람 한 사람 일어나 답안지를 제출하러 교탁으로 갔다. 나는 맨 마지막까지 남았다. 끝까지 문제를 풀어 보고 싶었기 때문이다. 그러나 답이 맞았는지는 절대로 장담할 수 없었다.

내가 멍청하다는 마틸데 누나의 말은 맞는 것 같았다.

쉬는 시간에 아이들은 며칠 후에 있을 굴리엘모의 생일잔치 이야기를 했다. 평소엔 운동장에 나가서 노는 여자애들까지 모여서 이야기를 했다. 나는 생일잔치에 갈 수 있을지 아직 잘 모르겠다. 왜냐하면 나폴레옹이 어디에 있는지 하느님이 신호를 보내 주면 나는 그를 만나러 가야 하기 때문이다. 하지만 굴리엘모를 안심시키기 위해 생일잔치에 갈 수 있다고 대답했다.

이번에도 유일하게 초대를 받지 못한 아이는 시엔웨이였는데, 시엔은 별로 신경도 안 쓰는 것 같았다. 혼자 뭐라고 중얼거리면서 교문을 뚫어지게 바라보고 있을 뿐이었다.

내가 시엔이라도 그리 기분 나쁘지는 않을 것 같았다. 지금껏 생일잔치는 재미있었던 적이 없다. 어른들이 정해 주는 놀이를 하거나 여자애들을 놀려 줄 궁리만 하기 때문이다. 그래서 내가 제일 싫어하는 것도 생일잔치에 친구들을 초대하는 거다. 가만히 생각해 보면 시엔은 우리 반에 친구가 한 명도 없으니 신경 쓸 일도 아예 없는 거다.

13

「잘 자라, 테오.」

수지가 숨이 막힐 정도로 이불을 꽉 덮어 주며 말했다.

「아줌마, 혹시 나폴레옹에 대해 알아요?」

「나폴레옹? 알지.」

「그가 모든 전투에서 승리했다는 것도 알아요?」

「나폴레옹은 아주 특별한 사람이었지. 너도 특별한 아이니까 나폴레옹처럼 될 수 있을 거야.」

「치!」

「정말이야.」

「내가 어떻게 그렇게 돼요?」

「지금은 일단 자고, 테오. 때로는 꿈속에서 답을 찾기도 한단다.」

「꿈은 진짜가 아니잖아요. 아빠가 그랬어요.」

「테오, 꿈은 현실보다 더 진짜일 수도 있어. 왜냐하면 네

안에 있는 거니까. 네 거니까.」

수지 아줌마는 제정신이 좀 아닌 것 같다.

어떻게 절대로 이해할 수 없는 꿈속에서 답을 찾을 수 있다는 거지? 꿈속에서는 무슨 일이든 일어날 수 있고 또 계속 바뀌는데. 나는 로셀라 선생님의 얼굴과 똑같이 생긴 유령 꿈과 용이 혀로 불을 뿜는 꿈을 자주 꾼다. 어느 날 밤엔 전쟁터에서 누나와 적이 되어 싸우는 꿈을 꾼 적도 있다. 누나는 칼로 나를 찌르면서 말했다. 「테오, 사랑하는 나의 동생.」 하지만 누나는 현실에서는 나를 전혀 사랑하지 않는다. 아주 가끔만 빼고는.

그렇다면 그 꿈에서 내가 얻을 수 있는 답은 뭐지?

수지는 유령 퇴치용 램프를 끄고 방에서 나갔다.

하느님은 여전히 아무런 신호도 보내 주지 않으신다.

어쩌면 너무 늙어서 이미 까먹으셨는지도 모른다.

이젠 아무것도 기억 못하시는 우리 할머니처럼 말이다. 요양원에 계신 할머니한테 가면 매번 이렇게 말씀하신다. 「안녕, 넌 누구냐?」

그럼 나는 「테오예요, 할머니」 하고 대답한다.

「테오가 누구지?」

나는 성적표를 받아 올 때마다 할머니가 선물을 챙겨 주시던 손자라고 설명한다.

하지만 할머니는 아무것도 기억하지 못하신다.

나는 할머니가 잊어버리지 않았을 만한 일들을 기억나게 하려고 애를 쓴다. 토요일 오후에 할머니 집에서 하얀 설탕 가루를 뿌린 케이크를 만들던 일이라든지, 옷을 입은 채 호수에서 수영을 했던 여름날이라든지, 주말이면 자장가처럼 들려주시던 이야기라든지…….

　할머니는 언제나 촉촉한 눈길로 나를 내려다보면서 비쩍 마른 손을 들어 내 손을 잡았다.

　「나는 아이가 없단다. 네가 내 손자라는 건 말도 안 돼.」

　한번은 엄마가 결혼식 사진을 보여 주었더니 할머니는 이렇게 말씀하셨다.

　「네 동생이 낳은 딸은 참 예쁘기도 하구나.」

　또 크리스마스 사진을 보면서는 이렇게 말했다.

　「이 사람들은 뭐가 그리 행복할까?」

　「이 사람들이 우리잖아요, 엄마.」

　「우리라니 누구 말이야?」

　하느님도 이렇게 되셨는지 모르겠다. 하지만 하느님 마음에 안 든다고 해서 세상을 모두 잊어버리시면, 하느님께는 누가 옛날 사진을 보여 줄 수 있을까?

　또 우리에게는 무슨 일이 일어날까?

　누가 우리에게 신호를 보내 줄 수 있을까?

7일째

화요일

14

종이 울리자 우리는 엎치락뒤치락하며 교문을 열고 밖으로 나갔다. 많은 엄마들이 마당에서 기다리고 있었다. 몇몇 엄마들은 어린 동생들의 손을 붙잡고 있거나 유모차를 끌고 있었다.

수지 아줌마는 철문에 기대서서 휴대폰에 뭔가를 쓰고 있었다. 아줌마가 좋아하는 장식 달린 분홍색 모자가 뒤쪽에 떨어져 있었다.

수지한테 가고 있는데 시엔이 아줌마 앞에 서 있는 게 보였다. 시엔은 아줌마를 뚫어지게 쳐다보다가 내가 그 앞에 이르자 이렇게 말하면서 달아났다.

「순환 소수다!」

시엔은 정말 이상한 아이다.

나는 수지가 시엔을 욕할까 봐 걱정이 됐다. 하지만 수지는 〈귀여운 아이구나〉 하고 말하고는 내 손을 잡고 길

111

쪽으로 걸어갔다.

「오늘 재미있었어, 테오?」

「네. 아줌마는요?」

학교에 가정부가 데리러 오는 아이는 별로 없다. 대부분 엄마들이 온다. 아니면 굴리엘모나 레오나르도처럼 할머니들이 오기도 하고, 줄리아처럼 언니가 오기도 한다.

반면 디니는 아무도 데리러 오지 않는다. 그 애는 혼자서 길 끝까지 걸어간 다음 오른쪽으로 꺾어 큰길을 건넌다. 녹색 불에 길을 건너 조금 더 걸으면 디니 엄마가 일하는 미용실에 도착한다. 디니는 아줌마들과 잡지들(별별 이야기가 다 들어 있는)이 가득한 그곳에서 오후 내내 시간을 보내고 숙제도 한다. 통화하는 소리도 시끄러운 그곳에서 말이다.

결국 누구나 각자의 문제를 안고 있다는 얘기다.

내 경우만 봐도 엄마 대신 수지 아줌마가 오고, 사람들 북적이는 지하철을 타고 집에 가야 한다.

「엄마는 집에 계세요?」

에스컬레이터를 타고 내려가면서 내가 물었다.

「아니, 안 계셔.」

수지가 자기 모자를 벗고, 내 모자도 벗겨 주면서 말했다.

「누나는요?」

우리는 지하철 개찰구를 통과했다. 누나는 없는 편이 훨씬 좋다. 그때 싸운 뒤로 누나와는 말도 안 한다.

「마틸데는 여행 갔어.」

맞다. 누나는 학교에서 폼페이로 여행을 갔다. 고등학생이 되면 4일씩 길게 여행을 가서 여관에서 자고 창문으로 물풍선을 던지며 놀기도 한다. 다행이다! 누나는 아마 일요일은 되어야 돌아올 것이고, 그때쯤엔 나한테 화났던 일은 잊어버리고 다시 내 친구가 되어 있을 것이다.

에스컬레이터를 타고 다 내려오자 나는 폴짝 뛰어내렸다. 이때 발이 걸려 넘어지면 다칠 수 있다는 사실을 잊으면 안 된다. 나는 두 발을 모아 얼마나 멀리 뛸 수 있는지 매번 혼자서 시합을 한다.

지하철이 도착하려면 아직 4분이 남았다. 의자는 사람들로 가득 차 있었다. 계단 옆 구석 바닥에는 어떤 남자가 앉아 있었다. 나는 그 사람이 그 자리에 앉아 있는 걸 자주 본다. 머리는 온통 헝클어지고 손톱엔 잔뜩 때가 끼어 있는 사람이다.

아빠가 말씀하신 거지가 바로 저런 사람을 말하는 건가 보다 하고 나는 생각했다.

그 남자에게 가서 직접 물어보고 싶었지만 좀 무서웠다. 그의 앞에는 이렇게 적힌 종이가 놓여 있었다.

당신에겐 하찮은 동전 하나가
저에게는 점심값이 됩니다.

몇몇 사람이 그 남자의 컵에 잔돈을 던져 줬지만, 솔직히 말해 아주 극소수만 그랬다. 다른 사람들은 남자가 그렇게 받은 돈을 빨아먹는다는 걸 아는 모양이었다.

「감사합니다.」

남자는 돈을 받으며 인사를 했다.

나는 다시 수지에게 몸을 돌렸다. 지하철이 오려면 아직 2분을 더 기다려야 했다.

나는 구구단 8단을 외워 보았다. 아직도 완전히 외우지는 못했지만 기억이 안 난다고 해서 어린애처럼 손가락으로 계산해 보는 건 정말 싫었다. 수지는 거대한 모니터를 쳐다보고 있었다. 지하철을 기다리는 사람들을 위해 몇 개월 전에 설치한 건데, 거기선 계속 뉴스만 나온다. 뉴스는 재미가 없다.

나는 수지에게 물어보았다.

「아줌마, 사람은 죽으면 어떻게 돼요?」

「다른 무언가로 다시 태어나지. 그래서 사실 죽음은 존재하지 않아.」

「정말요?」

「그걸 환생이라고 해, 테오.」

지하철이 왔다. 우리는 사람들이 모두 내리기를 기다렸다가 올라탔다. 나는 양복을 입고 다이어트에 대해 대화하는 두 신사와 남편에게 일 얘기를 하고 있는 뚱뚱한 부인 사이에 끼여 서 있게 되었다. 제대로 숨을 쉬기도 힘들었다. 뚱뚱한 부인이 몸을 움직일 때마다 어깨에 멘 가방이 흘러내려서 계속 끌어올려야 했다.

내 머리 위에 붙어 있는 광고에는 이렇게 쓰여 있었다.

자만하지 말고 영어를 배우십시오.

이게 무슨 뜻일까?

세상은 내가 이해할 수 없는 문장들로 가득하다. 조금 전에 수지가 한 말처럼. 나는 다시 질문을 하지 않고는 견딜 수 없었다.

지하철에서 내리며 내가 물었다.

「죽음이 존재하지 않는다고요?」

「음. 다른 걸로 다시 태어나는 거야. 환생.」

계단을 올라가며 수지가 말했다. 우리는 다시 모자를 쓰고 목도리를 둘렀다.

수지는 걸음이 너무 빨라서 거의 뛰다시피 따라가야 했다.

「다른 걸로 태어난다니 그게 무슨 뜻이에요? 뭘로 태어나는데요?」

「그건 어떻게 살았느냐에 따라 달라.」

「그게 무슨 뜻이에요?」

「착하게 살았으면 다시 사람으로 태어나지. 나쁜 사람이었다면 말도 못하는 이상한 걸로 태어나고.」

「양귀비나 돌멩이 같은 거 말이에요?」

수지는 고개를 끄덕여 그렇다고 대답했다. 그리고 현관문에 열쇠를 끼우면서 덧붙여 말했다.

「그렇게 되면 다시 인간으로 돌아가긴 어려워.」

나는 무척 혼란스러웠다.

수지 말이 맞다면 나폴레옹이 어디로 갔는지도 알 수 없을 뿐만 아니라 무엇으로 변했는지도 모른다는 거다.

비둘기가 되었을지도 모르고, 현금 인출기나 벼 이삭이 되었을지도 모르는 거 아닌가?

아니면 벼 이삭이 되었다가 지금은 전화기가 되어 있을지도 모르잖아?

그렇다면 이거 정말 문제다. 대단히 큰 문제다.

수지 말이 맞다면 나랑 대화하는 모든 사람은 죽었다가 다시 태어난 사람들이고, 내 주변의 물건도 모두 죽었던 것들이다. 나도 죽었다가 다시 태어났다는 얘기다. 나는 한 번도 죽었다는 걸 느껴 본 적이 없는데!

벼 이삭도, 식기세척기도 그리고 사람들도 전에 죽은 적이 있다는 사실을 모른다. 이전에 무엇이었는지도 전혀 모른다.

그렇다면 전에 누가 나폴레옹이었는지 어떻게 안단 말이야?

수지는 보통 이상한 게 아니었다. 완전히 제정신이 아니었다.

그리고 하느님도 우리 할머니처럼 되신 게 확실했다. 여전히 아무 신호도 보내 주시지 않는 걸 보면.

나는 정말 모르겠다.

환생이라고? 변신? 그건 귀신들 이야기야! 그렇다면 수지 아줌마는 마술을 부려서 사람을 두꺼비나 상추나 박쥐로 만들어 버리는 귀신일지도 모른다!

그것들은 모두 환생한 귀신 집단일 수도 있는 것이다. KKK단 같은 비밀 단체처럼.

좀 더 알아봐야 했지만 끝까지 파헤쳐 볼 자신이 없었다. 수지의 눈을 똑바로 쳐다보는 것도 무서웠다. 수지가 제멋대로 마술을 부려 나를 갈기갈기 찢고 상어 밥으로 줄지도 몰랐기 때문이다.

15

저녁은 엄마와 단둘이 일찍 먹었다. 엄마가 극장에 가야 했기 때문이다. 아빠가 퇴근하면서 데리러 오신다고 했다. 영화 관람은 평화를 뜻하는 신호였다. 두 분이 함께 극장에 가는 건 자주 있는 일이 아니라서 엄마는 무척 흥분하셨다. 발목까지 오는 예쁜 파란색 원피스를 입고, 굽이 높은 구두를 신었다. 머리는 진주 귀고리가 보이도록 귀 뒤로 살짝 넘겼다.

엄마는 무척 예뻤다.

엄마는 옷을 더럽히지 않으려고 리소토를 조금씩 천천히 먹고, 식사가 끝나자마자 일어나 이를 닦고 다시 립스틱을 발랐다. 그리고 나를 잠자리에 들게 하고 불을 껐다. 좀 이른 시각이었지만 나는 불평하지 않았다. 우리 부모님이 평화롭기만 하다면 모든 게 좋은 거니까.

나는 좀처럼 잠이 들지 못했다. 너무 행복했다.

너무 행복해서 내 전투가 끝났다는 것도 금방 알아차리지 못했다.

나폴레옹 책을 쳐다보니 표지의 나폴레옹이 나를 보며 미소 짓고 있었다.

내 덕분에 이런 상황이 만들어진 게 아니기 때문에 전투에서 이겼다고 말해도 되는지는 확신이 서지 않았다. 나는 잠시 생각해 본 뒤, 이긴 것도 진 것도 아니라고 결론 내렸다.

이건 공정하지 않다는 생각이 들었다.

나는 싸울 만한 다른 걸 찾아야 했다.

그러나 우선 휴식이 필요했다. 전투가 끝까지 가지는 않았지만 어쨌든 너무 힘들었거든!

시계를 보니 9시 반이었다. 엄마는 나가셨을 거다. 나는 일어나 텔레비전이나 봐야겠다고 생각했다. 최고의 휴식은 텔레비전을 보는 거니까.

나는 소리가 나지 않도록 조심스럽게 문을 열었다. 수지가 소리를 들으면 곧바로 나를 침대로 되돌려 보낼 게 분명했다. 발끝으로 나와서 복도 중간쯤에 있는 삐걱 소리가 나는 부분은 밟지 않고 천천히 거실까지 갔다.

그런데 거기 엄마가 있었다!

엄마는 소리도 나지 않는 텔레비전 앞에 꼼짝 않고 앉아 계셨다. 파란색 원피스를 입은 채. 극장에는 왜 안 가신

119

걸까? 아빠는 어디 계시지?

「엄마……..」

엄마는 허공을 향해 대답했다.

「왜 그러니, 테오.」

「그런데…… 아빠는 안 오셨어요?」

엄마의 대답 없이 오랫동안 고요함만 흘렀다.

이윽고 엄마가 말했다.

「갑자기 저녁 약속이 생겼대.」

오, 안 돼! 그럼 내 휴식은!

엄마 아빠한테는 여전히 내가 필요하다. 내 전투는 아직 끝나지 않았다.

엄마한테 하고 싶은 말이 많았지만 지금은 때가 아닌 것 같았다. 나는 엄마 옆에 서서 좀 기다렸다. 뭘 어떻게 해야 할지 몰랐다. 그냥 혼자 있는 걸 좋아하실 것 같았다. 아니면 친구가 되어 드리는 걸 원하실까?

「이리 와봐.」

나는 소파를 돌아 엄마 옆에 가서 앉았다. 엄마는 내 목에 팔을 둘렀다. 구두를 신고 장신구를 하고 텔레비전 앞에 혼자 앉아 있는 엄마를 보면서 나 자신이 한없이 작게, 작게 느껴졌다.

엄마는 나를 보고 살짝 미소를 지었다. 아빠가 그러시는 것처럼.

「무슨 일이 있어도 엄마가 널 사랑하는 거 알지? 잊지 마.」

엄마가 말했다.

그 순간 엄마의 눈에서 눈물이 흘렀다. 뺨을 타고 길게 흐르는 한 줄기 눈물이. 그리고 눈물은 한 줄기, 또 한 줄기 큰 울음이 되었다.

「자라지 않았으면 좋겠구나, 테오.」

엄마가 속삭였다.

나는 더 바짝 다가앉아 엄마의 가슴에 머리를 기댔다.

누군가를 위로하는 방법이었다.

16

그날 밤 나는 몹시 이상한 꿈을 꾸었다. 길쭉한 호박과 대화를 하는 꿈이었다.

호박은 부엌 식탁에 있는 색색의 도마 위에 누워 있었다. 호박은 마틸데 누나가 거울을 볼 때와 똑같은, 금빛 꼬리 달린 긴꼬리원숭이의 표정을 하고 나를 쳐다보았다.

눈도 없으면서 말이다. 또 호박은 입도 없으면서 말을 했다. 꿈속에서는 충분히 일어날 수 있는 일이었다.

내가 질문을 하자 호박은 수지처럼 짧게 대답했다. 성미가 좀 까다로워 보였다.

혹시 호박이 되기 전에는 무엇이었는지 알고 있냐고 묻자 호박이 대답했다.

「무슨 소리야? 난 처음부터 쭉 호박이었고, 그게 자랑스러운데. 꼬마야.」

「너 좀 신경질적인 거 알아?」

호박이 꼿꼿하게 일어서더니 말했다.

「아, 그래? 그런가? 응? 신경질적이라……. 그럼 대답 좀 해볼래, 꼬마야. 만약 사람들이 널 부엌에 눕혀 놓으면 넌 기분이 어떨 거 같니? 끓는 물에 들어간다는 건 안녕, 끝, 죽음이란 뜻인데.」

「죽은 다음에 어떻게 되는지 그걸 아느냐 모르느냐에 따라 기분이 다를 거야.」

「오. 그거라면 난 정확히 알지.」

호박은 꼭 줄리아처럼 〈난-뭐든-다-알아〉의 표정으로 대답했다.

혹시 이 호박이 우리 조상은 아니었을까? 그래서 누나를 닮은 건가? 아니면 줄리아의 돌아가신 친척인가? 수지 아줌마 말처럼 나폴레옹이 채소로 다시 태어난 건 아닐까?

설마.

「난 내가 어떻게 될지 알고 있어.」 호박이 말했다.

「내가 걱정하는 건 죽기 전의 고통이야. 이 몸을 붙잡아 냄비에 넣는 축축한 손. 껍질은 서서히 약해지고, 나를 삼키는 끓는 물. 아! 또는 믹서기의 칼날. 한 번, 두 번, 세 번. 빠르게 회전하는. 윽! 쓰레기 때문에 질식할 것 같은 상황에 대해 아무것도 모르면 말을 마. 이런 비극을 상상이나 할 수 있겠니, 아가야? 악취에 질식해 죽는다는 게 무슨 말인지 아느냐고?」

호박은 진땀을 흘렸다.

불쌍한 호박.

나는 위로해 보려고 노력했지만 녀석은 내 말을 막고 끼어들었다.

「분명한 건,」 호박이 다시 고개를 들었다.

「나로 말하자면 모두의 존경을 받는 호박 여사라는 거지. 알아듣겠어? 그러니까 결코 쓰레기는 되지 않아. 나 같은 호박 여사는 누군가가 먹을 거야. 나는 끝내주는 요리가 되어 천국으로 올라가기 전에 사람들에게 행복을 선사할 거야.」

「천국이라고?」

「맞아, 천국. 난 그곳에 갈 만한 충분한 자격이 있지. 내가 자란 밭에서 뽑힐 때 고통도 참았고, 공기가 통하지 않는 트럭에 실렸어도 난 거뜬히 살아남았어. 숨조차 쉴 수 없는 냉장고도 견뎠고, 나를 팔 때의 가격도 다 감수했어. 무엇보다 나는 어느 누구도 죽인 적이 없어. 자주 그러고 싶은 마음이 들긴 했지만. 특히 아티초크와 함께 있을 땐. 심장도 없는 채소란……」

녀석은 쉬지도 않고 계속 말했다. 그러나 천국에서도 다시 누군가에게 먹힌다면?

나는 호박에게 물어보았다.

「천국에는 인간이 하나도 없는데 무슨 소리야? 어느 누

124

구도 나를 먹지 못해. 인간들은 전부 지옥으로 가지. 쉴 새 없이 죽여서 게걸스럽게 먹어대는 인간들 말이야.」

나는 뭔가 대답하려고 했지만, 순간 수지가 나타나 하얀 세라믹 칼로 호박을 찌르더니 잔인하게 썰어 버렸다.

「아줌마, 뭐 하는 거예요?」

수지는 눈 하나 깜짝 않고 가엾은 호박에게 계속 고문을 가했다.

「테오, 호박은 환생할 거야.」

「환생? 환생이라뇨?」

나는 소리쳤다.

너무 늦었다. 호박은 색색의 도마처럼 화려한 나비의 날개가 돋아나 하늘로 올라갔다.

전생에 나폴레옹이 아니었던 게 확실한지는 차마 물어보지 못했다.

8일째

새로운 수요일

17

아침을 먹으며 나는 수지 아줌마에게 꿈 이야기를 했다. 아줌마는 꿈이 뭔가 말해 주는 게 있을 거라고 했다. 그게 뭘까? 나는 아줌마에게 도움을 요청했지만, 아줌마는 나 자신만이 내 안에 무엇이 있는지 알기 때문에 스스로 깨달아야 한다고 말씀하셨다.

난 그게 뭔지 알아보려고 노력했지만 하느님이 무슨 신호를 보내신 건지 전혀 알 수 없었다. 혹시 수지 아줌마가 죽어서 호박이 된다는 뜻일까? 아니면 나폴레옹이 채소를 먹어서 지옥에 갔다는 뜻일까? 아니면 쓰레기통 안에 뭔가를 버릴 때마다 살인자가 된다는 뜻일까?

나는 그냥 포기했다.

그날 아침 나는 나폴레옹 책을 들고 학교에 갔다.

무릎 위에 책을 펼쳐 놓고 두 팔을 책상 위에 올려놓았다. 그렇게 하면 로셸라 선생님에게 들키지 않고 책을 볼 수 있다. 과학 수업은 끔찍하게 지루했다. 레오나르도는 수업 시간 내내 종이를 조그맣게 공처럼 말아 굴리엘모에게 던졌다. 줄리아는 평소와 다름없이 필기를 했다.

「자, 꼬맹이들, 잘 들어요. 세포는 우리 몸을 이루는 아주 작은 조직이에요…….」

로셸라 선생님은 칠판의 그림을 가리키며 설명했다. 그림은 꼭 빵처럼 생겼다.

「이 작은 세포 조직이 없다면 우리는 죽을 거예요. 세포 덕분에 우리는 생명을 유지할 수 있는 거예요. 마티아!」

선생님이 부치와 함께 배틀십 게임을 하고 있던 디니를 불렀다.

「친구들에게 방금 선생님이 말한 내용을 다시 말해 줄 수 있겠니?」

마티아는 도움을 요청하듯 주위를 둘러보았다. 하지만 선생님 말씀을 듣고 있던 아이는 줄리아뿐이었다. 고개를 푹 숙이고 선생님을 보지도 않고 말이다.

「세포란……」 디니가 그림을 설명하기 시작했다.

「음…… 먹는 건가……?」

선생님은 얼굴이 빨개져서 말했다.

「먹는 거라니! 설명을 조금이라도 들었으면 먹는 거라는 소리가 나오겠어!」

10분 정도 더 꾸중을 듣고 난 뒤, 마티아 디니는 끝내 벌점을 받았다.

나는 즉시 나폴레옹 책을 덮었다. 선생님은 전혀 눈치채지 못했다. 나도 벌점을 받을 수 있는 상황이었다. 어쩌면 책을 압수할지도 모른다. 아니면 전부, 내가 갖고 있는 껌까지 모두 압수해 갈 수도 있었다.

비가 오고 있어서 우리는 쉬는 시간에 밖에 나가 놀 수가 없었다. 모두 복도로 나가고, 교실에는 나와 시엔 그리고 줄리아만 남았다. 줄리아는 배운 걸 복습하고 있었고, 중국인 친구는 종이접기 책을 보며 무언가를 접고 있었다(그렇다면 학교에 다른 책을 들고 오는 사람은 나 혼자만이 아니라는 얘기다!).

나도 초콜릿 빵을 먹으며 나폴레옹 책을 꺼내 읽기 시작했다.

〈이집트 원정대〉.

그림에서 나폴레옹은 사막 한가운데 피라미드 옆에 서 있었다. 그와 함께 의사 가운 같은 흰 옷을 입은 사람들이 여러 명 있었다. 몇 명은 안경을 쓰고 손에 지도를 들고 있었다.

그림 아래에는 나폴레옹이 수천 명의 군인 이외 150명 이상의 과학자들을 이끌고 있었으며, 그들 대부분이 프랑스인이라는 설명이 있었다. 나폴레옹이 그의 성장기 내내 세상에서 제일 중요한 일은 지식을 얻는 것이라는 신념을 가지고 있었기 때문이다.

지식은 세상에서 가장 중요하다. 그런데 어떤 지식을 쌓아야 할까?

책에는 나와 있지 않았다.

뭐든 다 알아야 한다는 뜻인가 보다.

우리 몸의 세포에 대해 아는 것도 포함될까? 그럼 나도 과학 수업을 잘 들어야겠다.

나는 줄리아의 어깨를 살짝 쳤다.

「오늘 필기한 공책 좀 빌려주면 안 될까?」

나는 최대한 부드러운 말투로 물었다.

수업 시작종이 울리기 전에 베끼고 싶었다.

「넌 맨날 그러냐! 수업 시간에 좀 열심히 들어라. 그렇게 하다간 아무것도 못 배워. 난 빌려줄 수 없어. 왜냐하면……」

줄리아는 길게 이야기했지만, 결국엔 공책을 빌려주었다.

18

집에 오니 엄마는 조금 들떠 계셨다. 성당에서 나오면서 말했던 화가가 곧 집에 도착할 거라고 하셨다.

엄마가 말씀하셨다.

「오, 테오, 어제 저녁에 있었던 일은 엄마가 좀 피곤해서 그랬어. 아빠한테 갑자기 저녁 약속이 생겨서 혼자 텔레비전 영화를 본 거야. 그리고 아빠는 지금 어딜 좀 가셨단다. 출장 말이야.」

나한테 인사도 없이 떠나시다니!

「언제 돌아오세요?」

「곧. 테오, 오늘은 엄마를 좀 도와줄래?」

나는 엄마를 도와 가구를 조금 옮겼다. 소파와 낡고 못생긴 물뿌리개도 포함되었다.

「이게 어떻게 된 거지?」

내가 성경책을 꺼낼 때 찢어진 카펫을 보고 엄마가 소리쳤다.

「뭐가요?」

나는 책을 정리하는 척하면서 물었다.

「카펫 말이야!」

엄마는 안경을 쓰고 바닥에 코가 닿을 정도로 몸을 웅크렸다.

큰일 났다, 하고 나는 생각했다.

「테오, 네가 그랬니?」

「엄마, 지금 무슨 생각하시는 거예요? 제가 언제 그래요?」

「언제 그랬는지는 네가 말해야지. 엄마는 소파 밑을 들여다본 지 몇 개월은 된 것 같은데.」

「수지 아줌마가 그랬을 거예요. 전 안 그랬어요. 정말이에요. 제가 왜 그랬겠어요? 더구나 하필 그 부분을 찢다니, 왜요?」

「이상하네…….」

엄마가 혼자서 중얼거렸다.

「황소 머리는 그냥 둘까요?」

내가 화제를 돌리려고 물었다.

확실히 효과가 있었다.

「황소 머리는…… 그래, 황소 머리는 그냥 두자. 등을 기대고 누울 수도 있으니까. 랭보 씨가 어떻게 생각하는지도 알 필요가 있으니.」

「누구라고요?」

「랭보 씨, 테오. 랭보. 프랑스 사람이란다.」

그러니까 성당 앞에서 들었던 화가가 프랑스 사람이었
구나. 나폴레옹처럼!

「세계 지도는 어디에 둘까요?」

「그건 네 방에 가져가도 좋아.」

엄마는 마치 벌써 완성된 그림을 보듯 소파에서 좀 떨어
져 둘러보았다. 나는 세계 지도가 필요 없었지만 더 얘기
해 봐야 소용없을 것 같았다.

「이렇게 하면 되겠구나. 식당에 가서 의자 하나만 가져
올래? 여기에 두면 되겠다.」

내가 의자를 가지고 왔을 때 엄마는 소파에 누워 여러
포즈를 취해 보고 계셨다.

「아! 그래, 비닐!」 엄마가 말했다.

「비닐요?」

「바닥에 깔아야 해. 좀 도와줘.」

엄마는 창고로 뛰어가 두루마리처럼 감아 놓은 비닐을
꺼내 오셨다. 높이가 1미터쯤 되었다. 우리는 그걸 바닥에
펼쳐 랭보 씨가 앉을 의자 밑과 주변에 깔았다.

「이 정도면 되려나……. 엄마는 어떠니?」

엄마는 발끝으로 서서 한 바퀴 돌아 보셨다.

「예뻐요, 엄마.」

엄마가 실망하실까 봐 그렇게 말했지만 사실 내 눈엔 평소와 똑같아 보였다.

30분쯤 지나자 초인종이 울렸다.

현관에 나타난 랭보 씨는 약간 허름한 가죽 가방을 들고 팔 아래에는 큼직하고 하얀 캔버스를 끼고 있었다. 그는 기차가 늦는 바람에 숙소에 들를 수 없었다며 양해를 구했다. 엄마는 전혀 문제가 안 된다며 가방은 저쪽, 즉 내 방에 두면 된다고 말했다. 그리고 나에게 마실 것을 대접하라고 말씀하셨다.

이제 조수 노릇까지 해야 하다니.

하지만 난 아무래도 좋았다. 그저 엄마가 오랫동안 예쁜 모습으로 있었으면 좋겠다.

랭보 씨는 내 방 카펫 위에 가방을 내려놓고 방을 둘러보더니 이상한 억양으로 말했다.

「귀여운 방이구나.」

그저 인사치레일 것이다.

부엌으로 들어갈 때 그는 머리를 숙여야만 했다. 키가 2미터도 넘는 게 확실했다. 그는 과일 주스를 달라고 했다. 나는 내 컵 중에서 가장 예쁜 물방울 무늬 컵에 주스를 따랐다. 하지만 엄마는 별로 마음에 들지 않는 모양이었다.

「오, 테오! 평범한 컵에 대접을 하지 그랬니, 유치하게!」

그리고 랭보 씨에게 말했다.

「원하시면 거실을 보여 드릴게요. 음…… 그러니까…… 그림에 대해 제가 구상한 것을 보여 드릴게요. 분명 저보다 더 잘 아실 테니, 강압적인 건 아니에요. 인생에서 정해진 건 아무것도 없으니까요. 그렇지 않나요?」

그리고 두 사람은 사라졌다.

수지가 간식을 준비하며 내게 화가에 대해 물었다. 나는 누텔라 바른 빵을 입안 가득 넣고 씹으면서, 굉장히 실력 있는 분 같았으며 말수는 적지만 미소가 온화해 친근해 보인다고 말해 주었다.

그 순간 번쩍하며 무슨 생각이 떠올랐다. 어쩌면 하느님이 보내신 신호일지도 모른다! 랭보 씨는 나폴레옹에 대해 알려 줄 적임자일지도 모른다! 그는 많은 걸 아는 사람처럼 보였고, 게다가 프랑스인이다. 질문에 대답하는 걸 귀찮게 여기지 않는다면 내 질문에 대한 답을 얻을 수도 있다.

나는 거실 문에 귀를 바짝 갖다 대고 두 분의 이런저런 대화가 끝나기를 기다렸다. 화가가 말하는 소리가 들렸다.

「이제 작업을 시작해 볼까요.」

나는 거실로 들어갔다. 엄마는 다리를 가지런히 모으고 소파에 앉아 계셨다.

랭보 씨는 식당에서 가져다 놓은 의자에 앉아 캔버스 위에 시커멓게 뭔가 표시를 했다. 하지만 그건 연필 스케치일 뿐 하느님의 신호는 아니었다. 내가 보기엔 그랬다.

「여기 있어도 돼요?」

내가 물었다.

「조용히 있어야 한다. 아주 조용히.」

엄마가 입을 다문 채 조그맣게 대답했다.

나는 잠시 화가를 관찰했지만 더 이상 참을 수가 없었다.

「나폴레옹의 초상화도 그려 본 적 있으세요?」

내가 불쑥 물었다.

「불행히도, 아직.」 화가는 캔버스에서 눈을 떼지 않고 대답했다.

「나폴레옹이 살아 있을 때 난 태어나지도 않았으니까.」

「그럼 나폴레옹이 죽은 다음엔 한 번도 못 보셨어요?」

엄마가 무슨 소리를 냈다. 〈랭보 씨 일해야 하니까 어서 가, 테오〉 이런 뜻일 것이다.

　그러나 다행히 화가는 내가 방해되지 않는다고 말했다. 나폴레옹이 죽은 뒤로 본 적은 없지만, 초상화를 그리게 되면 좋겠다고 말했다. 그러고는 잠시 그림 그리기를 멈추고 나를 쳐다보았다.

「왜 하필이면 나폴레옹을 좋아하지?」

「모든 전투에서 승리했으니까요.」

내가 대답했다.

그는 나폴레옹이 백마를 타고 알프스 산을 넘는 그림을 본 적 있냐고 물었다.

「알프스 산을 넘는 건지는 모르겠는데, 제 책의 표지가 백마를 타고 있는 그림이에요.」

「나폴레옹 책을 가지고 있구나?」

그래, 그 책을 누구나 가질 수 있는 건 아니었다!

「네, 생일 선물로 받았어요.」

엄마는 마치 미라처럼 말도 하지 않고 움직이지도 않았다. 나는 엄마를 방해하고 있다는 걸 알았지만 그냥 밀고 나가기로 마음먹었다. 놓칠 수 없는 기회니까.

「혹시 지금 어디에 있는지 아세요?」

랭보 씨에게 물었다.

「누구, 나폴레옹 말이냐?」

그는 캔버스 가까이 머리를 대고 뚫어지게 응시했다. 그러고는 잠시 뭔가를 생각하는 듯하더니 갑자기 당연히 어디 있는지 알고 있다고 대답하는 것이었다.

「정말이세요?」

「정말.」

「그게…… 어디에요?」

「한번 데리고 가줄게.」

「언제요?」

「내일이라도.」

「오늘은 안 돼요?」

그때 엄마가 끼어들었다. 엄마는 사과를 하고 일어나서
는 나에게 방으로 가라고 말했다. 내 손을 잡고 당기는 바
람에 나는 아무 말도 못하고 끌려 나왔다. 기분이 좋을 때
는 따르기도 쉬운 법이다.

「그럼 내일 데려가 주실 수 있어요?」

내가 랭보 씨에게 물었다.

그는 고개를 끄덕였다.

「근데 나폴레옹을 만나려면 저도 죽어야 돼요?」

「죽어? 그럴 리가. 무슨 상상을 하는 거냐?」

그렇다면 오르페우스의 신화가 맞는 거다. 레오나르도
는 정말 아무것도 모른다.

나는 그날 밤에도 잠이 오지 않았다. 너무 행복했다.

나폴레옹한테 데려가 주신다니! 나는 침대에 누워 중얼
거리며 계속 몸을 뒤척였다.

9일째

새로운 목요일

19

잠에서 깼을 때 나는 학교에 가지 않기 위해 아픈 척을 할 작정이었다. 그리고 가능한 한 책을 많이 읽었다. 나폴레옹을 만날 준비를 해야 하니까.

아픈 척을 하는 건 아주 쉽다. 일단 〈배가 아파요〉 하고 말하면 된다. 이건 어른들이 어떻게 할 수 없는 일이다. 그런 뒤에 숨을 크게 내쉬며 그래도 학교에 가겠다고 우기는 거다.

효과는 100퍼센트 장담한다.

이럴 때 어른들은 따뜻한 차를 갖다 준다. 엄청나게 맛이 없지만 나는 생크림 비스킷을 찍어가며 모두 마신다. 몇 방울 남은 건 침대와 벽 사이 공간에 살짝 부어도 아무도 모른다.

꾀병을 부리는 날엔 잠옷 바람으로 돌아다녀도 되고 샤워도 안 해도 되니 좋다. 또 엄마는 내가 어떤지 보려고 저녁에 일찍 집에 들어오신다.

그런데 내가 랭보 씨와 함께 밖에 나가는 것도 허락하지 않으시면 어쩌지?

나는 결국 학교에 갔다.

「자, 여러분의 시험 결과가 나왔어요, 이 꼬맹이들. 매번 그렇듯 이번에도 놀라운 결과가 나왔는데, 무엇보다 선생님은 모든 것의 기초가 되는 수학 과목을 잘 가르쳤다는 데에 자부심을 느꼈어요. 자, 굴리엘모, 앞으로 나오세요.」

굴리엘모가 일어나서 신발을 끌며 교탁 앞으로 나갔다. 그리고 선생님이 건네주시는 노트들을 받아 아이들에게 나누어 주었다. 여기저기서 한탄하는 소리가 터져 나왔다. 「아, 완전 망했다!」「이거 아는 건데 아깝다!」

굴리엘모는 다시 자기 자리에 가서 앉았다. 그런데 나만 채점한 노트를 받지 못했다. 선생님께 말하려고 손을 들었는데 선생님이 먼저 말씀하셨다.

「여러분이 보는 대로 단 한 사람은 굉장한 점수를 받았어요. 참 대단한 아이구나. 내가 너한테도 자부심을 가져야겠지?」

선생님이 나를 가리키며 말했다.

「또 다 틀렸나 봐.」

「불쌍한 테오!」

굴리엘모와 레오나르도가 낄낄거렸다.

그 상황에서 내가 무슨 말을 할 수 있었을까? 이게 다 줄리아 때문이다! 하지만 나는 곧 마음을 진정시켰다.

선생님은 내 자리를 옮겨 중국인 친구 옆으로 보내셨다. 그리고 숨 쉴 때마다 악취가 풍기는 코를 내게 갖다 대며 말씀하셨다.

「이렇게 앉으면 좀 배우는지 두고 보자, 이 꼬맹이 녀석.」

시엔은 수학을 무척 잘한다. 그래서 나는 자리가 마음에 쏙 들었다. 이제 로셀라 선생님을 별로 신경 안 쓰고도 답을 베껴 쓸 수 있겠구나.

나는 시엔이 연필 대신 검정색 볼펜을 쓴다는 걸 알아챘다. 수학 문제를 너무 잘 풀어서 지울 필요조차도 없는 모양이었다. 그렇지만 선생님은 볼펜을 쓰지 못하게 하셨다. 내가 시엔에게 그렇게 말했다.

그랬더니 시엔은 상관없다면서 중국에서는 검정색 볼펜을 쓴다고 했다.

「나는 중국에 한 번도 안 가봤어.」

「나도 그래.」

시엔이 공책에서 눈을 떼지 않고 말했다.

「너무 가보고 싶어.」

「나는 아니야.」

「테오, 그렇게 떠들라고 자리를 옮긴 게 아니야. 조용히 해라!」

나는 시엔의 공책을 훔쳐보려고 애썼다. 그걸 눈치챈 시엔은 공책을 아예 내 옆에 놓아 주었다.

남은 수업 시간 동안 나는 두 번이나 손을 들고 답을 맞혔다. 모든 아이들이 고개를 돌리고 나를 쳐다보았다. 시엔은 선생님이 문제를 다 풀기도 전에 먼저 답을 알아내곤 했다.

종이 울리자 나는 시엔에게 이런 걸 다 어디서 배웠느냐고 물었다. 시엔은 칸투에 살 때 친구가 없어서 방에서 홀로 공부를 했다고 말했다.

「지금은 친구가 있어?」

「아니.」

어쩌면 시엔은 지나치게 똑똑해서 아무도 그를 이해하지 못하는지도 모르겠다.

내가 어째서 몽땅 노란 공책만 가지고 다니는지 물어보았더니, 시엔은 다른 색깔은 좋아하지 않는 데다 수학만 공부하기 때문에 전부 수학 공책이라고 했다. 정말로 그 다음 역사 시간에 시엔은 수업을 듣지 않고 종이접기 책을 보며 비행기를 접었다.

「시엔웨이, 한 번만이라도 수업에 집중하면 안 될까?」

피아 선생님이 말했다.

그러나 별로 문제 될 건 없었다. 내가 역사를 잘하니까

146

시엔은 내 공책을 베끼면 된다.

쉬는 시간에 나는 선생님들이 교무실 앞에서 시엔에 대해 이야기하는 걸 들었다. 나는 운동화 끈을 묶는 척하며 이야기를 들었다.

「시엔웨이가 입양아인 거 알아요, 로셀라? 학습에 문제가 있는 건 당연해요.」

「꼬맹이들은 모두 똑같아요. 솔직히 테오만 봐도 알잖아요. 테오는 입양된 애도 아니거든요.」

피아 선생님은 내가 옆에 있다는 걸 알아차리고 로셀라 선생님의 팔을 붙잡았다. 나는 얼른 뛰어서 달아났다.

이상한 수프 냄새를 풍기면서 과학과 수학, 그리고 지리를 가르치는 그 마녀 같은 선생님은 날 끔찍하게 싫어하시는 게 틀림없다. 내가 골칫덩이가 된 건 선생님이 나를 좋아하지 않는다는 걸 깨닫고 나서부터였다.

축 처진 기분이 된 나는 정원으로 가서 낮은 담장에 걸터앉았다. 잠시 후 시엔이 다가왔다.

「좀 앉아도 돼?」

시엔이 내 옆을 가리키며 물었다. 손에는 사과를 들고 있었다. 왠지 마음이 아팠다.

나는 초콜릿 파이를 꺼내 시엔에게 주었다. 난 그다지 배가 고프지 않으니까.

「네가 입양아라니 안됐다.」

「왜?」

시엔은 나를 똑바로 쳐다보며 물었다.

가만히 생각해 봤지만 사실 왜 그런지 나도 잘 모르겠다.

「그냥 슬픈 일이라고 생각했어.」

「슬픈 건 부모님이 안 계실 때지. 고아처럼.」

나는 시엔웨이가 좋았다. 뭔가 좀 특이한 아이라는 느낌은 들었지만, 그래도 시엔이라면 믿을 수 있을 것 같았다.

시엔도 나처럼 축구를 하지 않고 그림 딱지도 교환하지 않으며, 자신의 생각을 다른 무엇보다 중요하게 여긴다.

나는 시엔과 내가 서로 잘 이해할 수 있을 거라는 생각이 들었다. 그래서 위험한 일을 하기로 했다. 난 나폴레옹을 만날 거라는 사실을 누구에게든 털어놓아야 했다. 그렇게 하지 않으면 진실이 아닌 것처럼 될 것 같았다.

나는 시엔에게 혹시 나폴레옹을 알고 있는지 물어보았다. 시엔은 이름은 들어 본 적 있는데 누구인지는 잘 기억나지 않는다고 했다.

시엔이 역사 과목을 좋아하지 않는다는 사실이 떠올랐다. 나는 나폴레옹이 영웅이었다고 말해 주었다.

「뉴턴처럼 말이야!」

나는 뉴턴이 누구인지 잘 모른다. 나폴레옹처럼 영웅일 거라는 생각에서 무심코 튀어나온 말이었다.

「어떤 아저씨가 만나게 해주신 댔어.」

「누구? 나폴레옹 말야?」

「나폴레옹이야!」

「난 슈마허를 만난 적 있는데.」

슈마허는 페라리를 모는 레이서였다. 시엔은 그를 만난 걸 무척 자랑스러워했다. 나는 슈마허를 만나는 것과 나폴레옹을 만나는 건 똑같은 게 아니라고 설명해 줘야 했다. 왜냐하면 내가 만나려고 하는 영웅은 죽었으니까.

「뭐라고! 정말이야?」

불쑥 내가 물었다.

「넌 죽는 게 뭐라고 생각해?」

「중국에서는 발이 큰 여자애들은 산에서 떨어뜨려.」

「단지 발이 크다는 이유 때문에?」

「응.」

중국 사람들은 정말 이상하다! 발이 큰 아이가 무슨 피해를 준다고? 하지만 지금 중요한 건 그게 아니었다. 그다음에 어떻게 되는지 알고 싶었다.

「떨어진 다음에?」

「응, 떨어진 다음에.」

시엔은 중국의 부모들이 여자아이들을 그렇게 떨어뜨리면서 자식 하나를 줄이게 된다고 했다. 그렇게 하면 평범한 가정은 돈을 절약하게 된다는 것이었다. 1년에 6만위안 정도라고 구체적인 액수도 말해 주었다.

「대충 그 정도야. 언젠가 샤워하면서 속으로 계산해 봤거든.」

그가 덧붙여 말했다.

시엔의 말에 의하면, 여자아이들이 그렇게 떨어져 죽는 바람에 중국의 학교 교실에는 남자가 더 많다고 했다. 발이 큰 여자아이들이 30퍼센트나 된다고 하니 열 명 중 세 명은 죽는 셈이다. 이건 남자들이 결혼할 수 있는 가능성이 적어진다는 뜻이고, 그래서 아이도 적게 태어난다고 했다. 시엔의 계산에 의하면, 만일 세계가 모두 이런 식으로 나아갈 경우 3126년이면 인류는 모두 사라질 거라고 했다.

「그러니까 중국인들은 인류 모두를 사라지게 만들고 싶어 한다는 거야?」

「그렇지.」

「넌 죽으면 중국 사람들이랑 똑같이 되겠네?」

「아마도.」

나는 전혀 생각도 못해 본 일이었다.

수업 종이 울려서 우리는 교실로 향했다. 나는 죽은 다음에 어떻게 되는지 아느냐고 물었다.

「아, 마이너스가 되는 거지, 뭐.」

「마이너스?」

「초등학교에서는 0 밑으로는 숫자가 없다고 배우지만,

중학교에 가면 0 밑에도 숫자가 있다고 가르쳐. −1, −2, −3······ 이런 식으로 끝없이.」

「난 0 밑으로는 아무것도 없다고 생각했는데.」

나는 운동장에서 놀고 들어오는 아이들, 분필을 정리하는 여자아이들과 부딪히지 않으려고 애쓰면서 말했다.

「아무것도 없는 건 없어. 항상 뭐든 있지.」

3학년 아이들이 서로 밀치면서 뛰어 올라갔다. 늦게 들어오면 벌점을 주는 피아 선생님 수업인 모양이었다.

「죽으면,」 시엔이 말했다.

「만일 네가 5라면 −5가 되고, 18이라면 −18, 이런 식으로 되는 거야.」

「뭐? 내가 5라고?」

「사람은 각자 번호가 있어. 예를 들면 넌 802야.」

「왜?」

「모두 자기 번호를 갖고 있으니까.」

「그 번호를 어떻게 아는데?」

「그냥 알아, 나는.」

우리는 교실 앞에 도착했지만 선생님이 오시지 않아서 문 앞에 서서 이야기를 나눴다.

「살면서 숫자는 바뀔 수도 있어.」

「어떻게?」

「살다 보면. 우리 누나는 얼마 전에 512였는데, 지금은

537이야. 이런 식으로. 나는 648인데, 만약에 지금 죽으면
−648이 되고, 넌 802니까 죽으면⋯⋯.」

「−802.」

「맞아.」

갑자기 뒤에서 선생님 말소리가 들려 우리는 깜짝 놀랐다.

「이 녀석들, 뭐 하고 있지? 어서 교실로! 얘들아, 교실로,
어서.」

우리는 모두 제자리에 앉았다.

「많이 바뀌지는 않아. 겨우 몇 개 이동하는 거야.」

시엔이 말했다.

「두 사람 조용히. 장난은 그만!」

선생님이 소리쳤다.

나는 절대로 장난친 게 아니라고, 북부 이탈리아의 강
이름들보다 훨씬 더 중요한 거라고 말하고 싶었지만 용기
가 나지 않았다. 선생님이 다시 자리를 옮기게 해서 최악
의 상태로 돌아갈까 봐 두렵기도 했다.

시엔은 전혀 이상한 아이가 아니었다. 나는 시엔과 이야
기하는 게 좋았다.

20

집에 오자마자 나는 엄마와 함께 거실에 있는 랭보 씨를 급하게 불렀다. 신발도 벗지 않고 가방도 내려놓지 않은 채였다. 화가는 5시쯤 나폴레옹에게 가자고 말했다.

그래서 나는 숙제부터 했다. 숙제가 끝나자 저승에 관해 적어 놓은 공책을 꺼내 다시 적기 시작했다. 제일 중요한 것만 적었다.

가톨릭교
지옥: 나쁜 짓을 하고 뉘우치지 않은 사람들이 가는 곳.
천국: 착한 사람이건 악한 사람이건 죄를 뉘우치기만 하면 된다.

환생을 믿는 종교
착한 사람: 다시 인간으로 태어남.

악한 사람: 동물이나 식물, 물뿌리개로도 태어날 수 있음(아이스크림의 다양한 맛처럼 태어날 수 있는 종류가 무궁무진함).

중국인들의 종교
착한 사람: 마이너스 숫자가 됨.
악한 사람: 마이너스 숫자가 됨.

무신론자
0, 아무것도 없음. 사라짐.

나폴레옹은 어떤 종교를 믿었을까? 중국 사람이었다면 어쩌면 그냥 숫자가 되었을지도 모른다. 다른 종교를 믿었다면 사실 잘 모르겠다. 왜냐하면 나는 아직 십계명도 잘 모르기 때문이다. 나폴레옹이 그걸 잘 지켰는지도 모르겠고, 나폴레옹이 죽기 전에 죄를 뉘우쳤는지는 더더욱 모르는 일이다.

혼자서 아무리 생각해 봐야 소용없다. 오후에 화가 아저씨와 이야기해 보면 될 것이다. 아저씨가 말해 줄 것이다.

나는 문 앞에 나가 바닥에 앉아서 랭보 씨를 기다렸다. 시간을 아끼려고 미리 목도리도 두르고 모자도 썼다. 우리는 5시 반에 출발했다. 나는 나폴레옹이 늦게 오는 사람들을 좋아하지는 않더라도 벌써 돌아가 버리지 않았기를 바랐다.

우리는 전차를 탔다. 전차 안에는 사람이 많았다. 나는 이 많은 사람들이 모두 나처럼 나폴레옹을 만나러 가는 길일까 봐 걱정이 되었다. 어쩌면 우리는 소시지 가게처럼 번호표를 받고 밤을 새워 기다려야 할지도 모른다. 전차에서 제일 먼저 내려 뛰어가는 염치없는 사람도 있을지 모른다. 내가 랭보 씨에게 그렇게 말했더니, 그는 이 사람들이 모두 나폴레옹에게 가는 것은 아니며 쇼핑을 하러 시내에 나가는 사람이 많은 거라고 말해 주었다.

나는 안심을 하고 계속 질문을 했다. 그는 전차의 천장에 머리가 닿아 고개를 푹 숙인 채 자신이 붙잡고 있는 손잡이로 몸을 지탱하고 있었다. 나는 아무리 손을 뻗어도 손잡이에 닿지 않아서 그의 코트를 붙잡고 있었다.

내가 물었다.

「혹시 하느님의 십계명에 대해 아세요?」

「십계명?」

「네.」

그는 잠시 생각을 하더니 말했다.

「도둑질하지 말라, 살인하지 말라, 부모님을 공경하라, 거짓말하지 말라.」

나는 잊어버리지 않으려고 몇 번이나 반복해서 따라 했다.

뭐야, 전부 하지 말라는 것밖에 없잖아. 하느님은 너무 엄격하시다. 로셀라 선생님보다 더 하잖아.

「그걸 지키지 않으면 지옥에 가는 거죠?」

「아마도. 그렇지만 우리는 하느님의 생각을 알 수가 없어.」

시내의 정거장에 이르자 전차는 거의 텅 비었다. 나와 화가 아저씨, 그리고 구석에 눈썹이 진한 아주머니가 한 명 앉아 있을 뿐이었다.

나는 랭보 씨에게 물어보았다.

「만약에 나폴레옹이 천국에 갔다면 우리는 어떻게 들어 가요? 저는 욕심을 부린 적이 많거든요. 부치가 먹는 과자 같은 남의 물건을 훔치고 싶어 했고, 거짓말도 한 적 있고, 또 엄마 아빠를 존경하는지도 잘 모르겠어요. 왜냐하면 그게 무슨 뜻인지 잘 몰라서……」

그러나 그는 내 말을 끝까지 듣지 않고 버스의 빨간 벨을 찾고 있었다.

우리는 다음 정거장에서 내렸다.

21

「다 왔다!」

랭보 씨가 외쳤다.

국립 도서관은 엄청나게 넓었다. 거기서 어떻게 나폴레옹을 찾는다는 건지 알 수 없었다. 지옥으로 가는 비밀 통로라도 있는 걸까? 아니면 천국으로 올라가는 엘리베이터가 있는 걸까? 아니면 나폴레옹이 도서관 사서의 안경으로 다시 태어나기라도 했단 말인가?

나는 참고 기다려야 했다.

우리는 책과 사람들이 가득한 방을 다섯 개나 지났다. 특이한 건 아무것도 발견하지 못했다.

랭보 씨는 다리가 몹시 길어서 뒤를 바짝 쫓아가려면 나는 거의 뛰다시피 해야 했다.

계단을 올라갈 때 나는 가슴이 뛰기 시작했다. 나폴레옹을 만나면 무슨 말을 하고 어떻게 행동해야 할지 생각해 보았다. 그는 아마도 프랑스어를 하겠지? 그렇다면 다행이다. 랭보 씨가 통역을 해주면 될 테니까.

우리는 4층에 있는 거의 비어 있는 방으로 들어갔다. 그곳에는 자꾸만 코를 훌쩍거리는 뚱뚱하고 젊은 여자, 창밖을 내다보는 남자, 종이에 글씨를 쓰고 있는 이가 몇 안 남은 할아버지 세 사람뿐이었다.

화가는 젊은 여자에게 다가가 뭔가를 물어보았다. 여자는 책에서 고개를 들고 바로 앞쪽을 가리켰다. 비밀 통로가 어디에 있는지 가르쳐 주고 있는 걸까?

랭보 씨는 나에게 돌아와 앉아서 눈을 감으라고 말했다.

나는 사람들이 있는 곳에서 눈을 감는 게 싫었다. 나를 보고 놀리는 사람이 있을 것만 같았다.

하지만 랭보 씨를 믿었다.

나는 용기를 내어 눈을 감았다.

잠깐 시간이 흐르고 화가 아저씨의 목소리가 들렸다.

「이제 눈을 떠도 된다.」

내 앞에는 책 한 권이 놓여 있었다. 펼쳐진 부분에는 나폴레옹의 초상화가 있었다. 아주 젊고 머리숱도 많았을 때의 모습이었다.

페이지 위를 손으로 문지르면 그가 나타나는 건가? 나는 랭보 씨를 쳐다보았다.

「자, 여기 있다.」

그가 두 팔을 벌리며 말했다.

「여기, 뭐요?」

「여기 나폴레옹이 있잖아.」

그가 활짝 웃으며 말했다.

나는 목이 메어 말이 나오지 않았다. 얼굴이 일그러지면서 곧 울음이 터져 나올 것만 같았다. 눈썹에 힘을 주고 코를 실룩거리며 참아 보려 했지만 소용없었다.

「이건 나폴레옹이 아니에요!」

「조용히 말해, 테오.」

「나폴레옹이 아니라고요!」

「아니라니, 잘 봐.」

나는 여자아이처럼 엉엉 울기 시작했다. 도저히 울음이 멈춰지지 않았다. 아저씨는 가만히 서서 아무 말도 하지 않았다.

그렇게 시간이 흐르도록 내버려 둔 건 다행이었다. 나는 조금씩 진정되기 시작했다. 젊은 여자와 할아버지는 이제 보이지 않았고, 지금은 창밖을 보고 있던 남자만 나를 쳐다보고 있었다.

「테오, 괜찮아졌니?」

「아저씨는 지옥에 가실 거예요. 거짓말을 하셨잖아요. 나폴레옹을 만나게 해주겠다고 약속했잖아요. 저는 나폴레옹을 직접 만나고 싶었다고요. 책이 아니라!」

아저씨는 내 어깨에 손을 얹고 진정시켰다.

「테오, 일부러 널 여기에 데리고 온 거란다. 이 책을 봐. 모두 나폴레옹의 초상화야. 그림은 다 다르지만 모두 나폴레옹이야. 이 그림은 젊었을 때고, 다음 페이지는 좀 더 나이를 먹었을 때. 그리고 이건 승리했을 때고, 저건 아주 슬플 때지. 우리처럼 나폴레옹도 언제나 똑같은 건 아니란다. 넌 어떤 나폴레옹을 만나고 싶은지 생각해 본 적 있어?」

「진짜 나폴레옹이요.」

「이 초상화들이 보여 주듯 진짜 나폴레옹은 없어. 이게 나폴레옹을 그린 초상화 전부인 것 같지만 그렇지 않아. 나폴레옹은 아직도 셀 수 없이 많아.」

나는 오직 하나만 있으면 된다고 말했다. 뼈와 살이 있는 나폴레옹으로 말이다. 그림으로 속임수를 쓴 게 아니라. 랭보 씨는 잠자코 있다가 천천히 말을 하기 시작했다. 그는 나폴레옹의 몸은 보이지 않지만 눈을 감으면 볼 수 있다고 했다.

하지만 그건 똑같지 않다! 그게 더 멋지다는 말 따위는 전혀 도움이 되지 않는다.

「테오, 바람을 한번 생각해 봐.」

바람.

「바람이 보이니?」

무슨 질문이 이렇지? 바람인데 당연히 안 보이지!

「그렇지만 나뭇잎들은 흔들릴 거야.」

「맞아요.」

「그럼 바람은 존재하는 거야. 존재하지만 보이지는 않지.」

나는 한 번도 생각해 본 적 없는 말이었다.

「그걸 그릴 수 있을까?」

「학교에서 몇 번 그려 본 적 있어요. 파란 색연필로 하늘
에 회오리바람을 그리면 돼요. 아주 쉬워요.」

「바람은 눈에 안 보이는데 왜 그렇게 그렸지?」

「왜냐하면, 그렇게 그리면 보이니까요.」

「바로 그거야. 말에 대해서도 생각해 봐. 말은 들을 수
있지만 보이지는 않잖아. 지금 내가 말하고 네가 듣고 있
지만 볼 수는 없지, 그렇지?」

「네, 맞아요.」

「하지만 글로 쓸 수는 있어. 왜 그렇지?」

「왜냐하면 그렇게 해야 사람들이 읽을 수 있으니까요.」

「말처럼 숫자도 그렇지.」

「마이너스 숫자가 있다는 게 사실이에요?」

「물론이야. 그것도 보이지는 않아.」

「그렇지만 쓸 수는 있어요. 숫자를 쓰고 앞에 빼기를 붙
이면 돼요.」

「맞아. 그렇게 안 보이는 걸 보이게 만들 수 있지. 바람

이나 말처럼. 나폴레옹도 지금은 죽어서 안 보이지만 존재하고 있는 거야. 나폴레옹을 보고 싶을 땐 눈을 감으면 돼. 그림으로 그리면 나폴레옹을 다시 살릴 수 있지. 한번 해보렴.」

돌아오는 길의 전차 안에는 사람이 없었다.

22

엄마와 랭보 씨는 저녁을 먹으러 밖에 나갔다. 나는 초대를 받지 못했지만 그게 더 좋았다. 두 분은 아마 그림에 대해 나눌 이야기가 있었을 것이다.

나는 접시에 얼굴을 묻은 채 핀두스 튀김을 거의 씹지도 않고 순식간에 먹어 버렸다. 그러면서 내가 알고 있는 것 중에서 눈에 보이지 않는 것들을 모두 찾아보았다. 그러나 수지가 휴대폰으로 통화를 하는 바람에 집중을 하기가 어려웠다. 나는 저녁을 다 먹지도 않고 일어났다. 아이스크림도 먹지 않았다.

나는 방에 들어가 문을 닫고 새로운 목록을 작성해 보았다.

눈에 보이지 않는 것
나폴레옹

바람

말

이런 것도 떠올랐다.

더위

추위

　그러다 보니 천국과 지옥에 생각이 미쳤다.

　하나는 하늘에 있다. 그런데 하늘 어디에 있단 말인가?
언젠가 우주인이 나오는 내셔널 지오그래픽 다큐멘터리
두 편을 본 적이 있다. 우주인들은 굉장히 높이까지 올라
갔지만 그곳엔 천국이 없었다. 그림자조차 없었다. 온통
암흑뿐이었다.

　또 하나는 땅 밑에 있다. 그럼 건물을 짓거나 주차장을
만들거나 새 지하철을 만들 때 땅을 파면 지옥이 나타나
야 하는 것 아닌가?

　그런데 그렇지 않다. 존재하지 않는다는 뜻이 아니라
눈에 보이지 않을 뿐이다.

　하느님처럼 말이다.

　그건 엄마가 말씀해 주셨다. 하느님은 보이지 않지만
미사 시간에 우리는 모두 찬송가를 부른다. 그 순간에 하

느님이 내 옆에 와 계신다 해도 나는 깨닫지 못할 것이다. 어쩌면 하느님은 항상 내 방에 들어오시는지도 모른다. 하느님처럼 큰 몸이 들어오기엔 방이 좀 작지만 말이다.

마이너스 숫자는 어떤가?

그것도 눈에는 보이지 않는다.

2개는 보이지만, −2개는 보이지 않는다.

마이너스는 보이지 않고, 플러스는 보인다.

그럼 이것도 저것도 아닌 0은?

0은 비었다. 그러나 학교에서 시엔은 빈 것은 존재하지 않는다고 했다. 항상 무엇이든 있는 법이다.

사실 잘 생각해 보면, 빈 방에도 카펫은 깔려 있을 수 있다. 〈배 속이 텅 비었다〉고 말할 때도 그건 배가 고프다는 뜻이지, 배 속에 정말로 아무것도 없다는 뜻은 아니다. 하다못해 우주도 무언가로 채워져 있다. 별, 은하, 미사일 등.

그렇다면 사람들 말은 모두 옳다. 사람들은 같은 말을 각자 자기 방식으로 하고 있는 거다.

가톨릭에서는 천국이나 땅 밑으로 가려면 눈에 보이지 않게 되어야 한다고 하지만, 무신론자들은 아무것도 없다고 한다. 결국 무신론자들도 보이지 않게 된다고 말하는 거다. 또 시엔의 말대로라면 마이너스 숫자가 되어 보이지 않게 되는 것이고, 랭보 씨의 말대로라면 유령처럼 우리 주변에 머물러 있지만 아무도 볼 수 없다는 뜻이다. 그리고 환생은……. 아, 그래, 그건 다른 얘기라고 치자.

모두 내 머릿속에 한 조각씩 어떤 의미를 모아 주기 시
작했다. 퍼즐 조각을 모아 밤비 그림을 완성할 때처럼 말
이다.

23

그날 밤 나는 또 꿈을 꾸었다.

집에 들어갔더니 아무도 보이지 않았다. 그런데도 나는 모두 제자리에 있다는 사실을 알고 있었다. 침대도 소파도 찢어진 카펫도 모두 눈에는 보이지 않았다. 엄마도 보이지 않았지만, 나는 당연히 거기 계신다고 생각했다.

나는 소파에 앉아 보았다. 앉을 수 있었다. 엄마가 말했다.

「신발은 벗어야지. 소파 더러워질라.」

방으로 날아가는 말소리가 보였다.

신발을 벗으면서 나 역시 보이지 않는다는 걸 깨달았다. 신발을 손에 들고 있는 느낌이 들었고 바닥에 닿는 소리도 났지만, 모두 허공에 있었다. 엄마는 소파에 누워 있고, 랭보 씨는 엄마를 그리고 있었다. 전부 보이지 않았지만 나는 일어나는 일들을 모두 알 수 있었다.

어느 순간 창문을 흔드는 바람이 느껴졌다. 수지가 가

서 창문을 닫았다. 수지 역시 보이지 않았다.

그런데 바람이 들어오는 게 보였다.

내가 볼 수 있는 유일한 것이었다. 말소리와 함께.

바람은 파란색이었고, 길어졌다 짧아졌다 회오리를 일으키며 방을 가득 채웠다.

잠시 후 내 방에 나폴레옹이 있다는 걸 알았다. 나폴레옹은 바로 거기, 내 눈앞에 있었다. 그는 내 책상 앞에 앉았다. 책 표지 그림과 똑같은 모습이었다.

나는 말을 걸어 보려고 애썼다. 내 말은 색색의 글자가 되어 차례차례 방 안으로 떠올랐다. 하지만 나폴레옹은 나를 보지 못했고, 내 말을 듣지도 못했다. 나는 일어나 그를 만져 보았다.

「정신 차려요, 나폴레옹! 내가 보여요?」

그러나 내 손은 그를 통과할 뿐이었다.

나는 눈을 감았다.

이제 거실에 있는 엄마와 랭보 씨가 보였다. 모든 게 제자리에 있었다. 나폴레옹만이 사라지고 없었다.

다시 눈을 뜨자, 처음에 그랬듯이 아무것도 보이지 않았다.

나폴레옹과 바람과 말소리만이 있었다.

그러는 사이 나폴레옹은 내 수학 공책에 뭔가를 쓰기 시작했다. 나는 첫 줄만 읽을 수 있었다.

$-5, -8, -36, -192, -354, -665 \cdots$

10일째

새로운 금요일

24

잠에서 깼을 때 책상 위에 펼쳐진 수학 공책이 보였다. 하지만 숫자들은 모두 0보다 컸다.

나는 유령 퇴치용 램프를 켜고 머리끝까지 이불을 끌어 올렸다. 이번에는 수지에게 도움을 요청할 필요가 없었다. 내 꿈이 무엇을 말하는지 혼자서도 알 수 있었다.

나폴레옹을 만나려면 그와 마찬가지로 나도 보이지 않는 존재가 되어야 한다. 난 꼭 그렇게 되고 싶다. 그래야만 엄마 아빠가 두 분의 전투에서 이길 수 있도록 돕는 방법을 알아낼 수 있다. 부모님이 이혼한 줄리아의 가족처럼 우리 가족도 행복을 완전히 잃기 전에 지켜야만 한다. 엄마한테서 들었는데 줄리아의 부모님도 처음엔 다투다가 그게 몇 개월 지속되고, 아주 오래 계속되다가 나중엔 아예 다투지도 않고 대화조차 하지 않게 되었다고 한다. 그리고 결국엔 줄리아의 아빠가 집을 나가 들어오지 않았다. 그 이후 쭉.

우리 부모님도 지금 대화가 없다. 아빠는 일 때문에 며칠째 집에 오지 않고 계신다. 언제 들어오실지 모르겠다. 어쩌면 아빠도 이 침묵이 싫어 아예 돌아오시지 않을지도 모른다. 줄리아의 아빠처럼.

우리 집의 행복을 되찾으려면 서둘러야 한다. 그러면 누나도 다시 행복해질 것이고, 나도 그럴 거다. 비록 그때가 오면 나는 보이지 않겠지만.

나는 다행히 바보가 아니라서 보이지 않게 되는 유일한 방법을 알고 있다.

바로 죽는 것이다.

갑자기 추위가 느껴졌다.

죽는다는 건 아이들이 아니라 노인들한테 일어나는 일이다.

언젠가 텔레비전에서 어린 아이가 죽을 때는 하나의 가능성이 죽는 거라는 말을 들은 적이 있다.

더 자라지 못하고, 아이도 낳지 못하고, 할머니나 할아버지도 되지 못하는 게 어른들한테는 슬프게 느껴졌나 보다.

그렇지만 나는 어차피 결혼도 하고 싶지 않고, 아이도 낳고 싶지 않다. 우리 반 여자아이들도 좋아하지 않고, 여자아이들도 나를 좋아하지 않는다.

나는 이불 밖으로 얼굴을 내밀어 공기를 마셨다.

창문으로 아침 햇살이 들어오기 시작했다. 나는 유령 퇴치용 램프를 껐다.

이제 무서움 따위는 없었다.

내 전투의 가장 어려운 한 걸음이 될 테지만, 이제 나는 죽음이 불행한 것이 아니며 그저 눈에 보이지 않는 방법으로 계속 이 세상에서 살아가는 것임을 안다.

25

간단해. 네스퀵 초콜릿 가루를 섞은 우유에 머핀을 찍어 먹으며 나는 생각했다. 아침에는 초콜릿을 충분하게 먹어 본 적이 없다.

보이지 않게 되면 나는 곧바로 역에서 기차를 타고 공항으로 갈 것이다. 그리고 랭보 씨가 이야기해 준 대로 나폴레옹이 숨진 세인트헬레나 섬으로 가는 첫 비행기를 탈 거다. 그 섬은 아프리카 가까이 대서양 한복판에 있다. 화가 아저씨가 국립 도서관에서 보여준 나폴레옹 그림 중 하나에서 보았듯이 무척 아름다운 섬이다. 나폴레옹은 수많은 전투를 치른 뒤 휴식을 취하기 위해 그 섬으로 갔을 것이다. 그러니 더 거리가 멀 게 분명한 천국이나 지옥을 찾아가기 전에 먼저 그곳에 들르는 게 좋을 거다. 만일 그 섬에 나폴레옹이 없으면 주변에 있는 다른 안 보이는 존재들에게 물어봐야지. 그들이 가르쳐 줄 것이다. 그러니 곧바로 그 섬으로 가면 된다.

어쩌면 나는 나폴레옹과 함께 바다에서 수영을 할 수 있을지도 모른다.

미리 모든 걸 챙겨 두어야 한다. 칫솔, 여행 중 틱택토 게임을 할 때 필요한 종이와 연필, 세인트헬레나 섬이나 천국까지 가게 될 경우 사용할 선글라스. 천국은 내가 여름에 갔던 포르토 에르콜레보다 빛이 더 강할 것이다. 반바지도 준비해야 한다. 천국에서도 나폴레옹을 만나지 못할 경우 지옥에 가기 위해 절벽에서 떨어져야 할지도 모른다. 모든 경우를 잘 생각해서 주말 내내 준비를 해야겠다.

그리고 월요일에 학교가 끝난 뒤 안 보이는 존재가 되는 게 좋겠다.

좋아. 우유를 마지막 한 방울까지 다 먹고 옷소매로 입을 닦으면서 나는 결정했다. 정말이지 아주 위대한 계획이라는 생각이 들었다.

26

「그렇게 떠들면 선생님이 설명을 잘 할 수가 없어요. 선생님 말 못 알아듣겠어? 조용히 하라고 했지! 조—용—히!」

나는 시엔과 함께 내 계획에 대해 얘기하고 싶었지만, 번번이 선생님이 조용히 하라고 끼어드는 바람에 시작도 못 하고 있었다. 선생님은 피의 순환에 대해 설명하고 있었다. 칠판에 그려진 적혈구 그림이 나는 하나도 중요하게 생각되지 않았다. 어차피 나는 곧 사라질 테니까. 뭐 꼭 그렇지 않더라도 나에게는 전혀 중요하지 않을 테고.

그날따라 하루 종일 우리는 쉬는 시간도 없었다. 누군가 여자 화장실 벽에 해골 그림으로 낙서를 해놓았기 때문이다. 그걸 본 여자애 둘이 무서워 죽겠다는 표정을 하고 울면서 교장 선생님께 달려갔다. 누가 그렸는지 범인을 밝혀내지 못하자 선생님들은 우리 모두에게 벌을 내렸다. 내 나폴레옹 책을 걸고 말하지만, 범인은 분명 레오나르도다.

「이건 공정하지 않아.」

쉬는 시간이 없다는 소식을 듣자 마티아 디니가 말했다.

학교에서 이야기를 나눌 수 없게 되자, 나는 시엔에게 학교가 끝난 뒤 우리 집에 가지 않겠느냐고 쪽지를 썼다. 시엔은 엄마가 데리러 오시면 물어보겠다고 했다.

시엔의 엄마는 즉시 허락해 주셨다. 드디어 시엔에게 친구가 생겼다며 좋아하셨다.

집에 오면서 시엔은 이상한 눈으로 수지를 쳐다보며 내게 말했다.

「저 아줌마는 순환 소수인 게 분명해. 순환 소수인 사람은 아주 드물거든.」

「귀신일걸.」

내가 속삭였다.

「아니야. 귀신은 0이거든. 저 아줌마는 0이 아니야.」

시엔이 대답했다.

「산 것도 죽은 것도 아니라서 0인가?」

「맞아.」

「그럼 순환 소수는 나쁜 사람들이야?」

「아니. 다른 숫자들과 다를 뿐이야. 왜냐하면 끝나지 않으니까. 끝없이 계속 반복되는 숫자. 이해하겠어?」

「알 것 같아.」

그러나 나는 완전히 이해가 가지는 않았다.

화제를 바꾸려고 나는 항상 구석에 앉아 있는 거지를 가리켰다. 이런 표지판을 앞에 놓고 있는.

당신에겐 하찮은 동전 하나가
저에게는 점심값이 됩니다.

「저 사람은 숫자가 뭔지 모르겠는걸. 말을 걸어 볼까?」
시엔이 말했다.
「좋아.」
시엔과 함께 둘이라서 나는 무섭지 않았다.
「아줌마, 그래도 되죠?」
나는 수지에게 물어보았다.
「곧 지하철이 올 거야. 여기 있어야 돼.」
「위험해서 그래요?」
내가 물었다.
「테오, 위험하다는 건 네가 삶을 어떻게 보느냐에 따라 달라.」
수지의 대답은 매번 또 다른 질문을 불러오곤 한다. 순환소수라서 그럴까?
이윽고 우리는 지하철에 올라탔다. 사람이 무척 많아서 나와 시엔은 수지에게 들리지 않도록 이야기할 수 있었다.

「시엔, 수지 아줌마가 그러는데 죽음은 존재하지 않는 거래. 누구든 죽으면 다시 태어나는데, 사람으로 태어날 수도 있고, 호박이나 컵처럼 말 못하는 물건으로 태어날 수도 있대. 또 택시나 개구리 같은 것으로도. 믿어야 할지 모르겠지만 아줌마는 확신하더라고.」

「전형적인 순환 소수야!」

「순환 소수들은 모두 그래?」

「확실해.」

수지는 시엔을 좋아해서 친절하게 대해 주었다. 우리 각자에게 고치올레 초콜릿 과자 다섯 개씩과 폴라레티 돌핀 아이스바 세 개씩을 나눠 주기까지 했다.

간식을 먹고 나서 내 방을 구경시켜 주었는데 시엔은 별로 마음에 들어 하지 않았다. 나도 내 방이 썩 마음에 들지 않기 때문에 시엔이 솔직하게 말해 줘서 기분이 좋았다. 내 방은 온통 흰색과 하늘색뿐이어서 좀 유치하기 때문이다.

「내 방은 별로니까 우리 목욕탕에 가서 얘기하자.」

「좋아.」

우리는 폰치스 과자 한 봉지와 초콜릿 맛 뮐러 요구르트 두 개, 딸기 맛 사탕 몇 개를 가지고 목욕탕에 들어가 문을 닫았다.

「옷 입은 채로 물놀이할까?」

내가 물었다.

「글쎄. 별로 하고 싶지 않은데. 나폴레옹을 만난 건 어떻게 됐는지 물어보고 싶었어.」시엔이 대답했다.

「내가 하고 싶은 얘기가 바로 그거야.」

그런데 설명을 제대로 하기가 어려웠다.

「나폴레옹은 말이야,」하고 내가 말을 꺼냈다.

그때 갑자기 뭔가가 떠올랐다.

나는 나폴레옹 책을 가지러 방으로 뛰어갔다. 시엔이 직접 책을 보면 오래 기억하게 될 것 같았다. 나는 책 표지를 가리키며 말했다.

「이 사람이 바로 나폴레옹이야.」

「아! 드디어 나폴레옹을 진짜로 만난 거야?」

시엔이 말했다.

나는 안타깝게도 내가 바란 것처럼 일이 되지는 않았다고 말해 주었다. 나폴레옹은 죽었기 때문에 눈에 보이지 않고, 나폴레옹을 만나려면 나도 죽어서 똑같이 안 보이는 존재가 되어야 한다고 말했다.

「그건 0을 넘어서 마이너스가 되어야 한다는 뜻이야!」

시엔이 소리쳤다.

「바로 그거야.」

드디어 내 비밀을 털어놓을 수 있는 누군가를 만나서 난 너무 기뻤다. 우선 비밀을 지켜 줄 수 있는지 확답을 받고 싶었다. 시엔은 뉴턴을 걸고 맹세했다. 나는 시엔을 믿기로 했다.

「왜 그렇게 나폴레옹이 만나고 싶은데?」

「나폴레옹은 모든 전투에서 한 번도 진 적이 없기 때문에 반드시 승리하는 방법을 알거든. 우리 가족은 모두 불행해. 그래서 난 내가 제일 원하는 것을 위해 전투에 임하기로 결심했어.」

「제일 원하는 게 뭔데?」

「다시 행복했던 시절로 돌아가는 거. 우리 부모님이 이혼으로 가는 3단계에 접어들었을까 봐 걱정이 되거든.」

「3단계?」

「응. 서로 소리 지르는 걸 넘어서서 대화조차 안 하는 게 2단계야. 3단계는 한 사람이 집을 나가서 들어오지 않는 거지.」

「영원히 말이야?」

「응. 난 이대로 두고 볼 수가 없어. 무슨 말인지 알겠어?」

「이해할 것 같아. 내 짝이 없어지면 슬프겠지만.」

「그건 걱정 마. 내가 안 보이게 되면 널 만나러 교실로 올게. 네가 만든 종이비행기가 날아다니게 만들게. 그러면 내가 네 옆에 와 있다고 생각하면 돼.」

시엔은 잠시 생각에 잠긴 듯했다. 그러더니 뭔가를 말하려다 곧 마음을 바꾼 듯 말했다.

「네 책 좀 봐도 되지?」

우리는 단짝이니까, 하고 나는 말하려다가 여자아이들이나 하는 말 같아서 그만두었다. 일기장에 하트나 그리고, 늘 손을 잡고 다니는 줄리아와 부치처럼 될 순 없었다.

나는 잠시 생각을 했다. 누군가를 좋아한다는 걸 증명하는 좋은 방법은 선물을 하는 것이다. 그건 분명했다.

그렇다면 내가 소중하게 간직하고 있는 물건을 주어야 하는 것 아닐까?

「내 책 너 가져. 어차피 죽으면 소용도 없는데 뭐.」

「다 읽었어?」

「아니, 하지만 상관없어. 내가 알아야 할 건 이미 다 읽었으니까.」

「정말 내가 가져도 돼?」

「그럼.」

「네가 그렇게 빨리 죽는다니 슬프다. 그럼 숫자가 100만까지는 될 수 없겠네…….」

「넌 100만이 되고 싶어?」

「응. 언젠가는 될 거라고 믿어. 너도 그럴 수 있을 텐데.」

「내가 100만이 됐다고 해도 그걸 어떻게 알 수 있지?」

「내가 말해 주면 되지.」

「그때까지 우리가 계속 친구로 지낼 수 있을까?」

「응, 나는 그럴 거야.」

「그럼 넌 죽은 다음엔 −100만이 되겠네. 난 겨우 −802인데.」

「그렇겠지.」

「그래도 우리는 계속 친구지?」

그때 수지가 목욕탕 문을 두드리는 바람에 나는 시엔의 대답을 듣지 못했다. 시엔의 엄마가 벌써 데리러 오셨다.

「그럼 언제······ 0을 뛰어넘을 거야?」

현관까지 배웅하러 가는 동안 시엔이 속삭였다.

「월요일에, 학교 끝나고.」

11일째

새로운 토요일

27

내 이름은 테오. 여덟 살이다. 나는 나폴레옹을 만나고
싶다.

나는 꼭 이겨야 하는 아주 중요한 전투를 하고 있는데,
나폴레옹만이 나를 도와줄 수 있다. 하지만 그를 만나려
면 나도 죽어야 한다. 왜냐하면 나폴레옹은 죽었으니까.

나는 구글을 이용한다. 구글은 세상의 모든 진실을 담
고 있으며, 마틸데 누나의 컴퓨터로 볼 수 있다.

〈자살(스스로 목숨을 끊는다는 뜻)〉을 검색했을 때 제
일 먼저 등장하는 화면은 위키백과다. 사람들이 가장 많
이 이용한 자살 방법의 목록이 길게 나온다. 우선 제일 처
음에 나오는 세 가지 방법을 읽어 봤지만 별로 마음에 들
지 않는다.

나에게 딱 맞는 방법을 발견할 때까지 계속 찾아야 한다.

목매달기

나무가 있어야 하고, 긴 끈도 필요하다. 제목 밑에 있는 그림처럼 긴 옷을 입어야 한다.

나는 잠옷밖에 없는 데다 또 끈은 어디에 묶는단 말인가? 우리 집에는 나무가 없다. 황소 머리에 달린 뿔도 생각해 봤지만 분명히 부러져 버릴 것이다.

불에 타 죽기

중세 시대 성녀인 잔 다르크가 죽은 방법이다. 그림을 보면 사람들이 광장에 모여 지켜보고 있다. 하지만 내가 라이터로 불을 내면 누구든 와서 바로 끌 것이다.

감전(전기가 흐르는 콘센트에 손가락 집어넣기)

내 생각에 이 방법은 아기들에게 적당하다. 콘센트 구멍은 너무 작아서 굵은 손가락은 들어가지 않는다. 나도 한번 해봤지만 들어가지 않았다.

익사

옷 속에 몰래 돌을 숨기고 수영장에 뛰어들면 된다. 그러면 내 몸이 뚱뚱해지지 않을까? 수지 몰래 어떻게 돌을 감춘단 말인가? 게다가 수영장에는 언제나 사람들이 많다. 분명 누군가 나를 구할 것이다.

질식

자려고 침대에 누웠을 때 베개로 얼굴을 세게 누르는 방법이다. 그런데 죽기까지 시간이 너무 오래 걸린다고 쓰여 있다. 아마 나는 죽기 전에 먼저 잠이 들 것이다.

위키백과에 나온 방법은 이게 전부다. 마지막에 총에 맞아 죽는 방법도 있는데 누가 권총을 갖고 있단 말인가?

좀 더 궁리를 해봐야겠다.

그러니까…….

머리를 아주 강하게 부딪치는 방법도 있다. 하지만 아프기만 하고 죽지는 않는다면?

전쟁터에 나가기! 이것도 아니다. 아직 어려서 어디에서도 받아 주지 않을 것이다.

불타고 있는 벽난로에 뛰어드는 방법도 있지만, 우리 집엔 벽난로가 없다. 그네를 타다가 제일 높이 올라갔을 때 뛰는 방법. 아마 무릎만 까지고 말 거다. 자동차에 뛰어들기. 하지만 도시에서는 늘 길이 막혀서 차들이 서 있기 일쑤다. 기차에 뛰어들기는? 그렇다! 기차라면……

…… 지하철!

그냥 뛰어들기만 하면 된다. 나머지는 기차가 알아서 해 줄 거다. 에스컬레이터에서 내릴 때 다치지 않게 뛰는 것처럼 두 발을 모아 뛰기만 하면 된다.

그러면 나는 고통도 없이 순식간에 보이지 않는 존재가 될 것이다. 학교가 끝나고 집에 갈 때 어차피 지하철을 타야 하니 편하기도 하다. 그리고 안 보이게 되자마자 다시 그 지하철에 올라타면 바로 역까지 갈 수 있다.

다만 한 가지 문제는 수지다. 언제나처럼 수지가 내 손을 잡고 있으면 뛰기가 어려울 것이다.

어떤 방법을 써서라도 수지가 딴 데 정신을 팔게 만들어야 한다.

또 아줌마 책임이 되지 않도록 신중하게 계획을 짜야 한다.

자살을 하다 실패하면 정신과 의사에게 가야 한다는 사실도 안다. 의사는 환자를 침대에 눕게 한 뒤 환자에게 모든 걸 물어볼 것이다. 진실을 말해도 의사는 믿지 않고 사람들에게 환자가 미쳤다고 할 것이다.

환자는 진정시켜 주는 약을 매일 먹어야 한다. 동물원의 사자에게 그러듯이. 진정제 먹는 걸 깜빡해서 발작이라도 일으키면 바로 병원으로 보내질 것이다. 반면 너무 조용해지면, 즉 우울한 상태가 된다면 다시 행복해지는 약을 줄 것이다. 약 먹는 걸 잊는 것만으로도 침대에서 영영 일어나지 못하게 될 수도 있다.

28

집 안에 이상한 분위기가 감돌고 있다. 엄마와 나 둘뿐이고, 엄마는 계속해서 뭔가를 생각하는 것 같은데 그게 뭔지 모르겠다. 엄마는 혼자 뭐라고 중얼거리면서 이 방 저 방을 왔다 갔다 한다. 거실의 물건도 이리저리 옮겨 놓고 있다. 벽에서 황소 머리를 떼어 바닥에 내려놓고는 어디 음식점에나 갖다 줘야겠다고 한다. 그러나 그러기엔 너무 무겁다.

「아빠가 하실 거예요.」

내가 말했다. 그런 일은 아빠가 할 일이니까.

「음…….」

엄마가 뭐라고 중얼거렸다.

나는 랭보 씨가 그린 그림을 봐도 되냐고 엄마한테 물었다. 화가 아저씨는 프랑스로 떠나기 전에 나를 초대해 주셨다. 나는 안 보이게 되면 거기로 날아가 볼 거다.

그림은 천으로 씌워진 채 여전히 캔버스에 놓여 있었다.

나는 천을 걷어 보았다.

와우, 아주 멋있다.

랭보 씨는 엄마를 실물보다 훨씬 더 아름답게 그렸다. 엄마는 영화에 나오는 사람처럼 반짝이는 옷을 입고 미소 짓고 있다. 진주 귀고리까지 그려져 있다. 바닥의 찢어진 카펫이 좀 유감이었다.

「엄마, 너무 근사해요. 아빠가 입을 다물지 못하시겠어요.」

정말 그렇다. 이건 텔레비전 보면서 피자를 먹는 것보다 더 깜짝 놀랄 일이다.

엄마는 문 옆에 있는 의자를 보았다. 언제나 아빠가 앉아서 신문을 읽던 자리다. 아직도 아빠의 스웨터가 걸려 있다. 출장 가시기 전에 스웨터를 제자리에 두지 않아서 엄마가 화가 난 걸지도 모른다. 엄마는 늘 제자리에 두라고 말씀하시니까.

엄마는 그림을 다시 천으로 씌우고는 꼼짝 않고 서서 벽 어딘가를 뚫어지게 쳐다보고 있다.

스웨터도 개지 않는다.

「엄마?」

「응?」

「무슨 냄새가 나요.」

「냄새?…… 아!」

엄마는 소리치며 부엌으로 뛰어갔다.

오븐에 넣어 둔 닭을 깜빡한 것이다. 내가 알아차려서 그나마 다행이지만 닭은 이미 거의 다 타버렸다.

엄마는 뭐라고 욕을 하면서 쓰레기통에 닭을 쏟아 버리고 맨 위 서랍을 열어 종이 뭉치 사이에서 뭔가를 찾았다. 그리고 전단지를 하나 꺼낸 뒤 전화기를 들고 번호를 눌렀다.

배달 음식을 주문하고 있는 거다.

나는 중국 음식을 좋아한다. 중국 음식은 젓가락을 이용하고, 음식이 모두 짭짤하다. 나는 애벌레처럼 생긴 중국 면과 춘권, 특히 새빨간 소스에 찍어 먹는 크루푹이라는 하얀 감자 칩 비슷한 걸 좋아한다. 시엔은 매일 저녁 이런 음식을 배달시켜 먹는지도 모를 일이다.

우리는 부엌에서 음식을 기다렸다. 엄마는 종이에 낙서를 하면서 식탁을 차릴 필요가 없다고 말했다. 그건 중국 음식이 올 거라는 뜻이다. 플라스틱 그릇에 담긴 걸 바로 먹으면 된다.

배달원이 오자 음식 냄새 때문에 내 배 속이 요동을 쳤다. 소리가 너무 커서 손으로 배를 움켜잡고 있어야 할 정도였다. 내가 음식 봉지를 받아 부엌으로 나르려고 할 때 엄마는 돈이 모자란다는 사실을 깨달았다.

이런 걸 깜빡할 엄마가 아닌데.

엄마는 돈처럼 쓸 수 있는 플라스틱 카드로 지불하겠다고 했다. 그러나 배달원은 카드 단말기를 갖고 오지 않았다고 했다.

엄마는 한숨을 쉬더니 내 손에 들려 있는 음식 봉지를 모두 걷어 다시 배달원에게 주었다. 그는 봉지를 받아 들고 계단으로 사라졌다.

안녕, 맛있는 음식들아.

다행히 냉동실에 핀두스 튀김이 있었다.

「이거라도 해줄까? 먹을래?」

엄마는 꼭 다른 곳에 있고 싶다는 듯한 표정을 지었다. 아빠와 함께 극장에 있고 싶다든지 하는.

엄마는 아무것도 먹지 않고 계속 담배를 피웠다. 엄마가 담배 피우는 모습을 나는 처음 보았다. 예전에 엄마는 마틸데 누나를 가졌을 때 담배를 끊었다고 하면서, 담배를 피우는 건 어리석은 짓이라고 말한 적이 있다.

「엄마, 왜 담배를 피워요? 어리석은 사람이나 하는 거라면서.」

「뭐라도 해야겠으니까.」

9시에 나는 잠자리에 들었다. 엄마가 전화로 누나와 싸우는 소리가 내 방까지 들렸다.

「여행 마지막 날을 재미있게 보낼 생각이나 해. 참견 말고! 그건 엄마 아빠 일이니까!」

바로 그거다. 나는 생각했다.

엄마 아빠는 3단계를 향해 가고 있는 거다.

12일째

새로운 일요일

29

11시인데 엄마는 아직도 자고 있다. 엄마의 얼굴에는 머리카락이 달라붙어 있고 뺨에는 베개 자국이 나 있다. 어젯밤에는 목욕탕 불을 끄는 것도 잊었나 보다. 집 안의 전등은 언제나 아빠가 끄곤 했다. 낭비하면 안 된다면서.

엄마가 일어났다면 우리는 이미 성당에 가 있어야 할 시간이다. 가지 않아서 나는 더 좋지만. 어차피 성당에 가도 하느님은 못 만나니 가나마나다.

나는 그냥 기다릴 거다.

2시 반이 되자 문소리가 났다. 마틸데 누나였다. 엄마는 아직도 일어나지 않았다. 나는 아침을 두 번이나 먹었다. 점심으로는 뭘 먹어야 할지 모르겠다.

누나는 너무 피곤한지 나에게 인사도 겨우 했다.

「엄마는?」

「주무셔.」

「아직도? 무슨 일이지?」

누나는 안방으로 달려가 문을 열었다.

나도 가서 방 안을 들여다보려고 하는데 누나가 안에서 문을 닫아 버렸다.

안에서 큰소리가 들려왔다. 누나는 이제 집에 들어오는 게 괴로우며 꼭 감옥에 사는 것 같아서 견딜 수 없다고 소리쳤다.

엄마가 뭐라고 대답했지만 잘 들리지 않았다.

나는 누나가 이렇게 화를 내는 게 싫다.

내가 할 수 있는 일이 없을까?

그렇다. 누나의 기분을 풀어 줄 선물을 해야겠다. 화가 아저씨가 엄마에게 그려 준 것처럼 초상화를 그려 줘야겠다. 엄마도 그렇게 좋아하셨는데 누나가 좋아하지 않을 리 없다. 그림이 엄마와 똑같지 않아서 약간 불쾌하신지는 모르겠지만.

나는 방으로 가서 앨범을 꺼낸 뒤, 내가 보고 그릴 만한 사진을 찾았다. 하지만 종이가 너무 작은 것밖에 없었다. 나는 테이프로 종이 네 장을 길게 붙였다. 키가 누나만 한 초상화를 그릴 것이다. 나는 종이를 바닥에 펼쳐 놓고 색연필을 찾았다. 연필과 지우개도 가지고 왔다. 눈부터 그리기 시작해서 입을 그리고, 그다음엔…….

갑자기 좋은 생각이 하나 떠올랐다. 마틸데 누나 대신 조그마한 긴꼬리원숭이를 그리는 게 좋겠다!

그림을 보고 누나가 어떻게 했었는지 떠올려서 친구들에게 보여 주면 친구들이 무척 부러워할 것이다.

원숭이를 그리는 게 쉽진 않았지만 그렇다고 아주 형편없진 않았다. 꼬리를 길게 늘어뜨리고 서서 카메라를 뚫어지게 쳐다보며 의심스러운 표정을 짓고 있는 원숭이다. 손으로 꼭 쥐고 있는 무화과 잎도 그렸다.

색깔은 모두 색연필로 칠했다.

좀 멀리 놓고 보니 그림이 밖으로 튀어나온 것처럼 보였다. 아주 마음에 든다. 누나와 거의 똑같이 생겼다.

이게 끝이 아니다. 더 좋은 방법이 생각났다. 나는 장난감 상자에서 누나의 오래된 바비 인형을 찾아 머리카락을 모두 잘랐다. 이젠 가지고 놀지도 않는 인형이다. 자른 머리카락을 원숭이 털처럼 그림 위에 풀로 붙였다.

그리고 엄마의 립스틱을 원숭이 입술에 칠해서 여자처럼 보이게 만들었다.

완성이다.

하지만 종이는 세울 수가 없으므로 나는 의자를 가져다 밟고 올라가 테이프로 누나 방 앞의 벽에 붙였다. 누나가 방에서 나오면 바로 보이도록. 바닥에는 쪽지를 하나 써서 놔뒀다.

누나가 허리에 줄자를 감고 있을 때 모습을 그린 건데, 마음에 들어?

시엔이 내가 준 선물을 좋아한 것처럼 누나도 기뻐했으면 좋겠다.

방 앞에서 조금 기다렸지만 누나는 나오지 않았다.

나는 그림이 아주 잘돼서 뿌듯한 마음으로 내 방에 갔다.

누나가 방에서 나와 내 선물을 보면 곧바로 나에게 올 것이고, 다시 예전처럼 대해 줄 것이다. 먼저 사과하고, 내게 제일 좋아하는 동생이라고 말해 줄 것이다. 물론 동생은 나 하나밖에 없지만. 그리고 누나의 컴퓨터를 써도 이제는 뭐라고 하지 않겠다고 할 것이다.

드디어 마틸데 누나의 방문이 열렸다. 화장실에 가려는 모양이다.

동굴 속에서 울부짖는 공룡 소리 같은 게 났다. 누나는 나를 불렀다.

나도 방에서 나갔다. 누나가 나를 향해 오고 있다. 화가 난 것 같다.

도대체 왜 그러지?

「테오,」 누나가 말했다. 「너 지금 나 놀리는 거지?」

「그게 아니라…….」

누나는 왜 내 선물을 안 좋아할까? 내 눈엔 멋진데.

「난 원숭이가 아냐. 이 바보 같은 놈아!」

누나가 소리를 질렀다.

누나는 내가 무슨 말을 하고 싶은 건지 잘 모른다…….
조금이라도 누나를 즐겁게 해주려는 내 마음을 그렇게 모
른단 말야?

「누나는 원숭이가 아니야. 내 누나지.」

누나는 이제 화가 났다기보다 슬퍼 보였다.

「테오,」 누나가 말했다. 「미안. 미안해, 네 말이 맞아. 너
한테 못되게 굴려는 게 아닌데 그게…… 어려워. 아빠는 아
직 돌아오시지 않고…… 엄마는 하루 종일 주무시고…….」

「누나가 여행 다녀와서 피곤해서 그럴 거야. 그래서 모
든 게 짜증스러운 건가 봐.」

「아니야, 테오. 피곤해서 그런 게 아니야.」

누나는 나를 꼭 끌어안았다. 이런 일은 거의 한 번도 없
었다.

내가 말했다.

「누나가 사춘기라서 그럴 거야. 엄마가 항상 그렇게 말
했거든. 아빠는 꼭 돌아오실 거야. 내가 장담해.」

누나는 다시 한 번 나를 꼭 안았다가 놓았다.

「세상에는 쉽게 풀리지 않는 일들도 있어.」

「어렵지만 이루어지는 일도 있지. 모든 문제에는 적어도 한 가지 해결책이 있다고 하셨어, 피아 선생님이.」

「그렇지만 우리한테 해당되는 말은 아니야, 테오.」

「내가 엄마 아빠를 도울 거야. 나한테 근사한 계획이 있어. 며칠만 지나면 상황이 완저어언히 달라질 거야.」

「계획?」

「지금은 말해 줄 수 없어. 비밀이거든. 하지만 분명히 효과가 있을 거야.」

누나가 웃음을 터뜨렸다.

「테오, 넌 아직 어려. 너무 신경 쓰지 마.」

「누나도 너무 걱정 마.」

내가 말했다.

「그래, 너도. 너무 걱정 마.」

나는 누나의 가슴에 머리를 묻었다. 누군가를 위로하는 방법이다.

30

엄마는 하루 종일 방에서 나오지 않았다. 나는 아빠가 언제 집에 돌아오실 건지 물어보려고 문을 두드렸다. 그러자 엄마가 문을 열고 얼굴을 내밀었다. 꼭 좀비 같은 얼굴이었다. 엄마는 누나한테 나를 돌보라고 말했다.

「테오 좀 돌봐.」

그게 다였다.

누나는 요리를 싫어한다. 우리는 그냥 빵에 누텔라를 발라서 먹었다.

그리고 나는 내 방으로 왔다.

저승에 갈 때 무얼 가지고 가야 할지 생각해 봐야 한다.

옷장을 열어 여름옷을 찾았다. 혹시 지옥에 가야 할 경우를 대비해서다. 내가 좋아하는 스웨터도 꺼냈다. 아빠와 호주에 갔을 때 산 캥거루 그림이 있는 스웨터다. 천국에 가면 쓸 선글라스는 아무리 해도 찾을 수가 없다. 엄마가 다른 데 두신 모양이지만 물어보기에 적절한 때는 아닌 것 같다. 그냥 선글라스 없이 가도 되고, 아니면 천국에서 누구에게든 빌릴 수 있을 것이다.

칫솔은 내일 아침에 마지막으로 챙길 것이다. 틱택토 게임을 할 때 사용할 종이와 연필은 이미 가방 속에 들어 있다.

완벽해.

아니다. 가지고 가고 싶은 게 하나 남아 있다. 그건 책상 위에 놓여 있다.

몇 년 전에 가족 모두 포르토 에르콜레에 갔을 때 찍은 사진이다. 그때는 부모님이 싸우기 전이다.

요양원에 계신 할머니를 웃게 만드는 유일한 사진이다.

우리 모두 터키 사람들처럼 터번을 두르고 있기 때문일 거다. 엄마 아빠는 빨간 비치 타월로, 누나는 주름 잡힌 파레오로, 나는 할 만한 게 없어서 부엌에서 쓰는 네모난 식탁보로 터번을 만들었다.

그때 우리는 행복한 가족이었다.

나는 가방 속 비밀 주머니에 사진을 넣었다. 영원히 간직하고 싶다.

13일째

새로운 월요일

31

내가 학교에 온 마지막 날이지만 아무도 그 사실을 모른다.

오늘도 모두 평소와 똑같다.

레오나르도는 자꾸만 종이로 공을 만들어 부치에게 던지지만, 부치는 굴리엘모를 위해 하트를 그리는 데 정신이 팔려 돌아보지도 않는다. 그러나 굴리엘모는 부치를 쳐다보지도 않는다. 굴리엘모는 디니의 공책에 하이에나라고 적으며 디니를 놀려 대고 있다. 부치가 돌아보지 않자 레오나르도는 줄리아의 목에 자를 갖다 대며 깜짝 놀라게 만든다. 줄리아가 하지 말라고 말한다. 내가 세어 봤는데 줄리아는 열다섯 번이나 손을 들어 막았고, 레오나르도는 알았다고 대답하면서 또다시 기회를 엿보고 있다.

시엔은 자기가 하고 싶은 말을 내가 알아듣게 하려고 애썼다. 나는 수업이 끝나고 얘기하자고 말소리가 나지

207

않게 손가락으로 표현했다. 하지만 시엔도 내가 무슨 말을 하는지 알아듣지 못했다.

「테오, 수업에 집중하지 않는구나. 38페이지의 3B 문제부터 한번 풀어 보겠니?」

「어디요?」

「글 아래쪽, 문제 3B. 올리버 트위스트가 어느 나라 사람이지?」

올리버 트위스트라니! 완전히 잊어버렸는데, 큰일이다.

「올리버 트위스트는…….」

그때 누군가 속삭이는 소리가 들렸다. 〈영국.〉

시엔이었다. 시엔은 밑에 책을 펼치고 있었다.

「영국요!」 내가 자신 있게 외쳤다.

「잘했어, 테오. 그럼 3C 문제의 답도 말해 볼래? 올리버 트위스트는?」

〈고아.〉

「고아였어요.」

「좋아. 이제 딴짓하지 말고 잘 들어라. 알았지?」

휴! 시엔웨이가 있어서 다행이다!

〈고마워, 시엔.〉

나는 손가락으로 썼다. 시엔은 엄지손가락을 들어 보였다. 고맙다는 말을 알아들은 게 분명했다.

하지만 쉬는 시간에도 나는 시엔과 이야기를 나누지 못

했다. 우리는 또 벌을 받아야 했다. 누군가 출석부에 풀을 발라 놓았기 때문이다. 우리는 자리에 앉아 이 문장을 종이에 스무 번이나 써야 했다. 〈다시는 출석부에 풀을 칠하지 않겠습니다.〉 그러고 나서 우리는 조용히 간식을 먹어야 했다.

「아름답고 멋진 불공정함이야.」

언제나처럼 디니가 말했다.

내 마지막 학교 생활이 끝났다. 이제 내게는 필요 없어진 책들을 모두 책상 속에 넣었다. 이렇게 하면 저승에 갈때도 더 가벼울 테니까.

시엔이 내 팔을 붙잡더니 말했다.

「언제 죽을 생각이야?」

「곧.」 내가 말했다.

「지하철이 들어올 때 뛰어들기로 했어. 노란 선 앞에 서있다가. 그래야 안 보이게 되자마자 바로 기차에 올라타고 역으로 가서 세인트헬레나 섬으로 출발할 수 있거든. 나폴레옹이 거기서 죽었으니까. 굉장히 아름다운 섬이래. 나폴레옹은 거기서 휴가를 보냈나 봐. 아니면 모든 전투에서 승리한 뒤 휴식을 취하러 갔을 거야.」

「테오.」 시엔이 나를 바짝 끌면서 말했다.

「아침부터 너랑 이야기하고 싶었어. 네 말이 틀렸더라고.」

시엔은 흥분한 말투였다.

「무슨 말?」

「나폴레옹이 모든 전투에서 이겼다는 말 말이야. 우리 아빠한테 물어봤더니 딱 한 번 진 적이 있대. 워털루에서.」

나는 아무 말도 못하고 시엔을 쳐다보았다. 어떻게 내 비밀을 자기 아버지한테 말할 수 있단 말인가.

「넌 진정한 친구가 아니야. 진정한 친구는 배신을 하지 않아.」

「그게 아니야, 테오. 너를 위해서 물어본 거야. 난 걱정이 됐거든. 정말 네가 안 보이는 존재가 돼야 하는지, 그럴 가치가 있는지 확실히 알고 싶었어.」

「그럴 만한 가치가 충분히 있어. 네 아버지가 거짓말을 하신 거야. 책에도 나와 있잖아. 나폴레옹이 모든 전투에서 승리했다고.」

나는 시엔에게 인사도 하지 않고 학교를 떠났다.

속으로는 시엔이 쫓아와서 이렇게 소리쳐 주기를 원했다.

〈장난이었어, 테오! 우리 마이너스 세계에서 만나자. 잘 가!〉

하지만 시엔은 그러지 않았다.

32

에스컬레이터에서 수지 아줌마는 모자를 벗고 내 모자
도 벗겨 주었다. 오늘은 완전히 다른 날이라는 걸, 그래서
모자를 머리에 그냥 쓰고 있어도 아무것도 변하지 않는다
는 걸 수지는 알지 못했다.

「아줌마, 우리 알고 지낸 지 몇 년 됐어요?」

「6년.」

「그럼 제가 두 살 때 우리 집에 오셨다는 얘기네요?」

「그래, 테오.」

「그럼 저를 조금은 좋아하시죠, 그죠?」

「물론이지. 너는 내 아들 같은 아이란다.」

불이 들어온 안내 표지판이 지하철이 들어오기 5분 전
임을 말해 주고 있었다.

나는 노란 선에서 벽까지 몇 발자국이나 되는지 세어 보
았다.

열 발자국.

오늘도 거지는 항상 있던 자리에 앉아 있다. 거지를 보니 한 가지 생각이 떠올랐다. 나는 주머니에서 엄마가 간식 사먹으라며 주신 5유로를 꺼내 거지에게 다가갔다. 이제 나는 돈이 필요 없는 데다, 성 베드로한테 갔을 때 착한 사람이어야 별 문제 없이 나를 천국에 들어가게 해줄 것 같았다.

지하철 도착 4분 전을 알리는 안내가 표지판에 들어왔다.

「고맙다, 꼬마야.」

거지가 활짝 웃으면서 말하고, 손으로 돈을 꼭 쥐어 주머니에 넣었다.

「돈을 빨아먹지는 마세요! 우리 아빠가 그러는데 아저씨는 맞서 싸울 생각은 안 하고 돈을 빨아먹기만 한대요. 그래서 하루 종일 여기 앉아 지내야 한다고요.」

거지는 어깨를 펴고 말했다.

「나도 나름 많이 싸워 본 사람이란다!」

「그럼 아저씨는 언제나 졌어요?」

「이길 때도 있고 질 때도 있었지.」

「저는 모든 전투에서 승리한 사람을 알아요.」

「중요한 걸 모르는구나? 중요한 건 이기고 지는 게 아니야. 중요한 건 절대로 굴복하지 않는 거야.」

아, 그건 내 책에도 쓰여 있는 말이다.

「하지만 아저씨는 항복했잖아요. 안 그랬으면 지금 일을 하고 계실 걸요.」

내가 말했다.

「나도 일을 한 적 있어.」

「그런데 어쩌다 이렇게 되셨어요?」

「사람들이 대부분 그렇듯 나도 내 워털루 전투를 치른 거지. 하지만 그게 다시 일어서지 않겠다는 뜻은 아니란다.」

워털루? 그건 시엔이 했던 말이다.

「워털루에서는 더 이상 내가 필요하지 않았나 봐. 나를 집으로 돌려보내더구나.」 거지가 계속 이야기했다.

「집 한 채 빌리는 데에도 돈이 엄청나게 들고, 그나마 돈을 못 벌면 거기서도 나가야 해.」

그렇구나. 언젠가 집에 가게 되면 아빠한테 알려 드려야겠다.

표지판이 깜빡거렸다. 지하철 도착 3분 전이다.

「옛날엔 무슨 일을 하셨는데요?」

「고등학교 역사 선생님이었지.」

「중요한 일을 하셨었네요!」

「중요한 건 오늘이야. 내일 따위 소용없어. 이게 바로 인생이란다, 꼬마야.」

「죽음에 대해서는 어떻게 생각하세요?」

내가 물었다. 왠지 그는 아주 잘 알고 있을 것 같았다.

213

「죽음은 여러 번 놓친 기차와 같지.」 거지가 대답했다.

「나도 열차 가까이 갈 일이 자주 있었단다. 본능적으로 다가가기까지 했어. 하지만 다행히도 마지막 순간에 언제나 목숨을 구했단다. 뭐가 나를 살렸는지 아니?」

「뭔데요?」

「어떤 생각이 불쑥 이렇게 말하는 거야. 〈그렇게 서두르지 마.〉」

「그게 다예요?」

「그게 다야. 죽음은 언제든 오니까. 누구나 겪는 유일한 거니까.」

「저는 잘 모르겠어요, 거지 아저씨.」

지하철 도착 2분 전.

「거지 아저씨? 이봐, 나도 이름이 있어.」

거지는 기분이 나쁜 모양이었다.

「이름이 뭔데요?」

나는 걱정이 되어 물었다.

「루이지.」 그가 고개를 들면서 대답했다.

「여기서는 모두 나폴레옹이라고 부르지만.」

뭐라고?

「나폴레옹요?!」

마치 군인이 타고 달리는 말의 발굽 소리처럼 내 심장이 뛰기 시작했다.

「지금 뭐라고 하셨어요?」

「맞아, 나폴레옹.」

지금 바로 내 눈앞에 있는 사람이 나폴레옹이라고? 세상에서 가장 유명했던 영웅이 거지로 변했단 말이야? 이 더러운 지하철역 바닥에 앉아 빵 살 돈을 구걸하고 있다고?

「정말로 사람들이 나폴레옹이라고 불러요?」

「내가 전투를 좋아하기 때문일 거야.」

나는 어깨까지 내려오는 그의 길고 지저분한 머리카락과 더러운 손가락, 재킷 밖으로 삐져나온 빨간 셔츠를 바라보았다. 아무리 살펴봐도 나폴레옹과 닮지 않았다. 닮은 구석이 한 군데도 없다. 그러나 수지 아줌마는 우리가 호박이나 돌멩이로 변할 수도 있다고 했다. 나는 거지의 눈동자 색깔이 나폴레옹과 같다는 걸 알아냈다. 그리고 그는 책에 쓰인 것과 똑같은 말을 한다. 또 이 거지 역시 머리가 빠져가고 있으며 파란색 재킷을 입고 있다.

「그럼 정말 나폴레옹이세요?」

나는 수지에게 들리지 않게 속삭였다.

「아마 믿어도 될 걸.」

그가 윙크를 하며 대답했다.

나폴레옹이 내 앞에 있다! 안 보이는 존재가 된 후에, 그러니까…… 환생을 한다는 건 맞는 말이었다!

사람들이 점점 지하철이 들어오는 쪽으로 모여들었다.

수지는 자꾸만 자기 옆으로 오라는 표시를 했다. 하지만 난 그럴 수가 없다.

「그럼 비결이 뭐예요?」

내가 나폴레옹에게 물었다.

「비결?」

「이기는 비결 말이에요.」

그는 마치 내가 우리 교실 벽에 걸린 지도라도 되는 것처럼 빤히 관찰하더니 대답했다.

「비결은 무슨 일이 있어도 스스로를 너무 작은 존재라고 생각하지 않는 거야.」

「그것뿐이에요?」

「인생에서 필요한 건 그것뿐이야. 항상 스스로 대단한 사람이라고 생각하는 거지.」

드디어 지하철이 들어오는 소리가 들렸다.

「널 부르는구나.」

나폴레옹이 수지를 가리키며 말했다.

「아! 저는 가야 해요.」

「그래? 나도 가야 돼.」

「저희 집에 가실래요?」

「고맙지만 난 아직도 싸워야 할 전투가 많거든. 곧바로 시작할 만한 가치가 있는 것들이지…….」

지하철이 내 뒤쪽에서 속도를 늦추고 있었다.

「테오, 빨리 와.」

수지가 말했다.

지하철 문이 열렸다. 나는 지하철 쪽으로 가면서 나폴레옹에게 손을 흔들어 인사했다. 그리고 창밖으로 계속해서 그를 쳐다보았다. 그는 나를 보고 웃으며 일어나 걸어갔다.

지하철이 출발했다. 내 앞 위쪽에 붙어 있는 광고가 눈에 들어왔다.

당신도 신호로 보내는 언어를 읽는 법을 배우십시오.

「왜 웃어, 테오? 무슨 생각해?」

「아무것도 아니에요.」

내가 대답했다. 어른들이 하는 말투를 흉내 내며.

하지만 그 말은 사실이 아니다. 나는 무지 많은 걸 생각하고 있다.

나폴레옹이 내내 이렇게 가까이에 있었는데 그걸 몰랐다니! 나는 수지가 해준 환생 이야기는 전부 사실이었으며, 하느님은 나를 잊으신 게 아니라 내게 신호를 보낼 적절한 순간을 기다리고 계셨다고 생각한다. 또 시엔은 정말로 진실한 친구이며, 진정한 친구가 하는 말은 귀담아들어야 하고 거짓말이라고 의심해선 안 된다고 생각한다.

나는 이제 죽지 않을 것이다. 왜냐하면 방금 전에 내가 작은 존재가 아니라는 답을 얻었기 때문이다. 나도 나폴레옹처럼 할 것이다. 절대로 굴복하지 않고 내 전투에 임하면서 계속 싸울 것이다.

나는 엄마한테 가서 말할 것이다. 아빠와 3단계까지 가는 일은 절대로 없을 테니 어서 침대에서 일어나시라고. 왜냐하면 내가 아빠한테 전화를 걸어 진짜 사나이는 맨 앞에서 어려움과 맞서 싸워야 하는 것이니 하던 일을 그만두고 어서 집으로 오시라고 말할 거니까. 만약 돌아오시지 않으면 아빠가 가진 세상에서 가장 소중한 것들, 그러니까 엄마와 마틸데 누나와 나, 테오를 잃게 될 거라고.

나는 또 생각한다. 내 앞에는 아직도 끝을 알 수 없는 시간이 있으며, 앞으로 무슨 일이 일어날지 모르지만 반드시 모든 걸 겪어 낼 것이라고.

내 인생을 한 권의 책이라 여기면 그만이다. 매일매일이 그 책의 한 페이지이며, 오늘의 페이지를 넘기면 또 이렇게 쓰여 있을 것이다.

새로운 삶이 시작되었다

옮긴이의 말

여덟 살 아이의 눈높이에서 쓴 『바람이 되고 싶었던 아이』는 어른들에게 더 많은 생각거리를 주는 동화다.

번역을 하는 내내 테오의 천진함으로 인해 미소가 떠나지 않았지만, 줄곧 나는 두 가지를 생각하지 않을 수 없었다. 아이의 눈을 통해 본 어른들의 세계가 얼마나 불안하고 걱정스러운가 하는 것과 테오의 수많은 질문들에 나는 어른으로서 어떤 대답을 해줄 수 있을까 하는 것이었다.

아이들의 솔직함 앞에서 당당하지 못할 때도 많지만, 인생에 대한 답을 적어도 한 가지쯤 준비하며 살아가고 있다면 조금은 덜 부끄러운 어른이 아닐까 싶다. 그래도 여전히 아이들 눈에는 걱정스러운 게 많겠지만.

테오 또래인 딸과 함께 책에 관한 이야기를 나누며 번역할 수 있어 내게는 더없이 행복한 시간이었다. 딸아이도

『바람이 되고 싶었던 아이』를 무척 사랑하게 되었고, 함께 공유할 수 있는 또 하나의 추억을 쌓게 해준 선물 같은 책이다.

　많은 분들이 이 책을 읽고 한 번쯤 자신과 가족, 주변을 돌아보면서 함께 쉬어 가는 시간을 누렸으면 좋겠다.

　P. S.

　번역 작업을 진행하던 중에 저자 로렌차 젠틸레가 젊은 작가들에게 주는 〈레지움 줄리〉상 신인 작가 부문을 수상했다는 소식을 들었다. 『바람이 되고 싶었던 아이』는 그만큼 이탈리아에서 많은 사랑을 받았고, 그 사랑은 지금도 현재 진행형이다. 저자는 이탈리아 전역은 물론 영국에서도 활발하게 독자들과의 만남을 이어 가고 있다.

천지은

옮긴이 **천지은** 경기도 수원 출생. 한국외국어대학교 이탈리아어
과를 졸업하고 동 대학원에서 수학했다. 옮긴 책으로 산드로 베
로네시의 『조용한 혼돈』, 엘사 모란테의 『아서의 섬』, 다치아 마
라이니의 『방황의 시절』, 마리노 네리의 『늑대의 꼬리』, 루카 디
풀비오의 『다이아몬드 도그』 등이 있다.

바람이 되고 싶었던 아이 테오의 13일

발행일	2015년 1월 12일 초판 1쇄
	2022년 6월 20일 초판 7쇄

지은이	로렌차 젠틸레
옮긴이	천지은
발행인	홍예빈 · 홍유진
발행처	주식회사 열린책들

경기도 파주시 문발로 253 파주출판도시
전화 031-955-4000 팩스 031-955-4004
www.openbooks.co.kr

이 도서의 국립중앙도서관 출판예정도서목록(CIP)은 서지정보유통지원시스템 홈페이지(http://seoji.nl.go.kr)와
국가자료공동목록시스템(http://www.nl.go.kr/kolisnet)에서 이용하실 수 있습니다.(CIP제어번호:CIP2014036725)